Antonio Carlos Secchin

DESDIZER
e Antes

Copyright © 2017 Antonio Carlos Secchin

EDITOR
José Mario Pereira

EDITORA ASSISTENTE
Christine Ajuz

PRODUÇÃO
Mariângela Felix

PROJETO E ILUSTRAÇÃO DA CAPA
Waltercio Caldas

CAPA (FINALIZAÇÃO)
Miriam Lerner

DIAGRAMAÇÃO
Arte das Letras

CIP-BRASIL. CATALOGAÇÃO NA FONTE.
SINDICATO NACIONAL DOS EDITORES DE LIVROS, RJ.

S45d

    Secchin, Antonio Carlos
    Desdizer e antes / Antonio Carlos Secchin. – 1ª ed. – Rio de Janeiro: Topbooks, 2017.
    211 p.; 23 cm.

    ISBN 9788574752662

    1. Poesia brasileira. I. Título.

17-43346   CDD: 869.1
                                                         CDU: 821.134.3(81)-1

TODOS OS DIREITOS RESERVADOS POR
Topbooks Editora e Distribuidora de Livros Ltda.
Rua Visconde de Inhaúma, 58 / gr. 203 – Centro
Rio de Janeiro – CEP: 20091-007
Telefax: (21) 2233-8718 e 2283-1039
topbooks@topbooks.com.br/www.topbooks.com.br
Estamos também no Facebook.

A Regy, que me pediu o livro

SUMÁRIO

DESDIZER (2003–2017)

Na antessala 17

A gaveta 18
Poema para 2003 20
O espelho de Donizete 21
Feliz ano novo 22
Língua negra, Rio 30 graus 23
Instruções 24
Carta aos pais 25
Uma prosa súbita 27
Lendo Luís Antonio Cajazeira Ramos 28
Poema promíscuo 29
Vinicius revisitado 30
O galo gago 31
Não 35
Cinzas 36
Linha de fundo 37
Disk-morte 38
Autorretrato 39
Receita de poema 40
Translado 41

Dez sonetos desconcertados

Soneto ao molho inglês 47
Soneto desmemoriado 48
Soneto da boa vizinhança 49
Soneto da boa vizinhança II 50
Soneto profundo 51
Soneto pio 52
Quase soneto aposentado 53

Soneto profético 54
Soneto da dissipação 55
Soneto veloz 56

Poema-saída... 57

E ANTES (1969–2002)

TODOS OS VENTOS (1997–2002)

Artes

É ele! 65
Cisne 66
A um poeta 67
Um poeta 68
Noite na taverna 69
Trio 70
Cinco 71
Colóquio 72
Mulheres 74
Arte 75
Aire 76

Dez sonetos da circunstância

"A luz maciça..." 79
"O menino se admira..." 80
"Repara como a tarde é traiçoeira" 81
"De chumbo eram somente dez soldados" 82
"À noite o giro cego das estrelas" 83
"A casa não se acaba..." 84
"Estou ali..." 85
Poema para 2002 86
"Com todo o amor..." 87
"Desmoronam promessas e misérias" 88

Variações para um corpo

Três toques 91
Tela.. 92
À noite, ... 93

Artes de amar 94
Noturno 95

Primeiras pessoas

Confessionário 99
Sagitário 100
Repente 101
Reunião 102
Autoria 103
Paisagem 104
Concorde com Freud 105
O banquete 107
Luz 109

AFORISMOS (1991–1999) 113

DIGA-SE DE PASSAGEM (1983–1988)

Biografia 121
Remorso 122
Notícia do poeta 123
"Mulher nascida de meu sopro" 124
Margem 125
"Cintilações do mal" 126
Sete anos de pastor 127
Ou 128

ELEMENTOS (1974–1983)

"O real é miragem consentida" 131

Ar

"O ar" 133
"O ar ancora no vazio" 135
"Palavra" 136
"Como preencher" 137
"Gume da gaiola" 138
"O não assinalado" 139

Fogo

"No princípio do precipício" 143
"Um sol sagrado afronta meu sossego" 144
"Toda linguagem" 145
"Alerta à luz que me alaga" 146
"Decifro a clave, o clamor ensolarado" 147
"Vingo a velhice dos verões" 148

Terra

"Entre o dentro e o fora" 151
"Para o corpo detido no fluir do que devoro" 152
"Entre a crise e a caça" 153
"Deuses, não mais que máquinas noturnas" 154
"Alto e outro era o sonho do dizível" 155
"Não, não era ainda a era da passagem" 156

Água

"Há um mar no mar que não me nada" 159
"Nas águas se calava a terra" 160
"A chuva passa, mas não lava o movimento" 161
"Vou no que me passa, intervalo" 162
"Depois de herdar" 163
"Água, marcas da aventura" 164

DISPERSOS (1974-1982)

Limites 167
"Onde houve orelha" 168
Linguagens 169
Soneto das Luzes 170

ÁRIA DE ESTAÇÃO (1969-1973)

Tempo: saída & entrada 173
Inventário 174
Infância 175
Aviso 176
A João Cabral 177
A Fernando Pessoa 178

Ver 179
A ilha 180
Itinerário de Maria 181
Cartilha 182
Cantiga 183
Busca 184
"O meu corpo se entrelaça" 185
Visita 186
Festa 187
Poema 188
O soldado 189
Poema do infante 190

Nota 191

UM DEPOIMENTO

Escutas e escritas 195

Obras do Autor 211

DESDIZER
(2003–2017)

NA ANTESSALA

Espalhei dezoito heterônimos
em ruas do Rio e Lisboa.
Todos eles, se reunidos,
não valem um só de Pessoa.

Trancafiei-me num mosteiro,
esperando de Deus um dom.
O que Ele me deu foi pastiche
da poesia de Drummond.

Ressoa na minha gaveta
um comício de versos reles.
Em coro parecem dizer:
Não somos Cecília Meireles.

O desavisado leitor
não espere muito de mim.
O máximo, que mal consigo,
é chegar a Antonio Secchin.

A GAVETA

A gaveta está trancada,
a chave levou Maria.
Nela guardados os planos
de quem já fui algum dia?
Decerto aí também mora
a linha da pescaria
que mirou no meu futuro,
mas errou a pontaria.
Desconheço se ela abriga
alguma mercadoria
dispondo de mais valor
que um pardal na ventania.
Mas por que agora eu escuto
numa quase litania
as vozes que dela saem
e se engrossam em gritaria?
Chamo então um bom chaveiro
da Europa, Olinda ou Bahia,
para arrombar a gaveta,
pois lá do fundo eu traria
a chave de algum passado
que aprisionado me espia.
Chega um e chegam dez
chaveiros em romaria.
A gaveta a todos eles,
um por um, derrotaria.
São bem fracos contra a força
e a resistência bravia
que a tal fechadura impõe
frente a tal cavalaria.

Na madrugada, cansado
pela perdida porfia,
percebo voando no ar
uma quase melodia.
Provém daquela gaveta:
ela afinal me induzia
a entrar sem maior esforço,
já que a mim se entregaria,
e dentro de si guardava
peça de imensa valia;
eu agora nem de chave
nem de nada carecia.
Conseguiu me convencer
com voz bastante macia,
e, pronto para apossar-me
da mais pura pedraria,
abri-a com a mão amante
de quem pisa em joalheria.
O tesouro acumulado
era a gaveta vazia.
Dois insetos passeavam
sobre a superfície fria.

POEMA PARA 2003

Vai, ano velho, leva em teu bojo
o despojo do que foi embora,
mas que a cinza do sonho desfeito
adube de vida o que é morto
e transforme o jamais em agora.

Teu corpo já bem maduro
sustenta o tempo que virá depois.
Em ti revejo o avesso do futuro,
recém-antigo 2002.

Canta um galo,
mínimo e absoluto.
Canta,
canta um galo na noite estrelada.
De seu bico
não brota apenas a voz do dia,
mas a dor de perder a madrugada.

Fluímos num tufão de pasmo e gozo
sentindo que o passado é um destino,
pois brilha sobre a morte e os precipícios
uma luz do que em nós inda é menino.

Saudemos, então, de novo,
e mesmo assim pela primeira vez:
nós te sabemos e desconhecemos,
ó velho amigo 2003.

Rio de Janeiro, 1 de janeiro de 2003

O ESPELHO DE DONIZETE

Quem me lê é quem me cria.
Espalho cacos de um espelho.
Minha face por inteiro não verei.
Veja você por mim qualquer dia.
  ("Irmão inventado". Donizete Galvão,
                         in: *Azul navalha*, 1988)

Em nenhum espelho
ficou impressa tua face.
Mas na tua poesia
uma força feroz se demonstra,
revivendo a rosa fria
que não se entrega à morte
nem se rende à ventania.
Os cacos da voz dispersos
no jorro de tua poesia
me tornam teu irmão urgente
numa saudade tardia,
que pode ser inconstante,
mas jamais será fugidia.
Contra a treva da noite opaca
sinto a luz que prenuncia
teus versos me precipitando
no difícil coração da alegria.

FELIZ ANO NOVO

Finalmente comprará sua mansão.
Será engolida pela fome de um tufão.

Viverá uma intensa fantasia,
desfeita a meia hora do meio-dia.

Encontrará o amor de sua vida:
inerte, num esquife de partida.

Ganhará muito dinheiro,
para a doença desgastá-lo por inteiro.

Chegará sorrindo ao Céu sonhado.
Mas é domingo. O portão está fechado.

LÍNGUA NEGRA, RIO 30 GRAUS

Bem longe explode em preto
a pele cósmica de uma estrela,
aqui arde em silêncio
a pele grossa de uma vela.
Negra é a língua que se enreda
para um salto sem saber o que a espera.
Negra, negra língua,
com seu gosto de esgoto e de quimera.
Língua que se desfaz, liquefeita,
na cachaça trôpega dos bares da favela.
Língua que ao pó retorna, heroína
celebrada na veia aberta das vielas.
Passos que galopam para o abismo,
expulsando a pontapés a primavera.
Um fio de luz desmancha o frio.
Anoitece no Rio de Janeiro.

INSTRUÇÕES

Aperte o cinto em caso de emergência
É proibido falar com o motorista
Favor deixar a grana da gorjeta
Não alimente o pombo ou o turista
Libere o pombo em caso de polícia
É permitido beijar o manobrista
Evite circular pela direita
Tem gente demais por essa pista

CARTA AOS PAIS

Vem de um sonho distante
o que aqui celebro novamente:
o amor e seu motor incessante
que incendeia de luz toda a gente.
Catorze de janeiro sessenta vezes
ainda assim não é bastante:
tudo que parecia tão antigo
ressurge na força deste instante.
Sessenta vezes ser feliz inteiro,
por inteiro ser companheiro e amante.
Mil novecentos e quarenta e sete,
clara memória, afeto transbordante
que gerou Carlos, Antonio e Cristina,
ao abrigo do vento e da vida errante.
Regy e Sives, tanta alegria de ver
que vale viver, se viver intensamente
é ação recomeçada em cada dia,
para que cada dia se reinvente.
Nossa herança maior – os pais
que sabem nos chamar para o futuro,
pais que não são de antigamente,
pois o que eles fazem do passado
é trazê-lo sempre perto do presente.
Pais, queridos pais, sessenta anos
aqui se condensam diante de nós,
e, mesmo que nossa voz não cante
tanto quanto se presume,
que agora, então, se proclame

a conta incontornável
deste amor que número nenhum resume.
O Tempo, que é velho e que é infante,
nesta hora entra na sala, lentamente.
Aproxima-se de Sives e Regy,
e vê que o par, de tão perfeito e tão constante,
já se tornou eterno nessas bodas,
que, como o casal, são de puro diamante.

14 de janeiro de 2007

UMA PROSA SÚBITA

*Se não for para arder,
ser rosa no inverno de que serve?*
(Eugénio de Andrade)

Uma prosa súbita
para a rosa de neve:
às vezes é só um verso
onde a voz de Andrade ferve.
E perdura, apesar do inverno
armado na paisagem:
o que há pouco era flor
virou arte,
rosa em riste na beira do abismo
contra
o silêncio azul da tarde.

LENDO LUÍS ANTONIO CAJAZEIRA RAMOS*

Às vezes sáfico, é também heroico
o decassílabo Luís Antonio.
Se o que se disse aqui ficou teórico,
é hora de soltar o seu demônio:

depois de haver escuro fez-se a luz,
como se em meio a temporais um poeta
renascesse da treva que produz
o gozo e a dor – ao mesmo tempo seta,

na volúpia de alçar-se ao impossível,
e alvo, que não se esquiva à ponta aguda
de um dardo envenenado de malícia.

Verso onde nada existe que te acuda.
Palavra que celebra o que é visível
e que foge do que é Deus e da polícia.

* Autor dos livros *Fiat breu* e *Temporal temporal*, entre outros.

POEMA PROMÍSCUO

Disseram que voltei muito mecanizado,
com ritmo correto, muita rima rica,
que não tolero nada que não seja aquilo
que seja exatamente o que o Bilac dita.

Disseram que com a forma estou bem preocupado,
e corre por aí, com a maior certeza,
que muito pouco vale tanta velharia
de alguém que ainda pensa em produzir beleza.

Não sei o que o futuro guarda de armadilha,
porém não vou ficar parado e prisioneiro
de quem, pajé pujante em sua antiga taba,
dali pretende governar o mundo inteiro.

Pra cima da poesia não vale esse veneno,
que já destila seu sabor de cianureto.
Enquanto a tribo grita "Por aí não passa",
passa um poema concreto ao lado de um soneto.

VINICIUS REVISITADO

1)

Se você quer
ser minha namorada,
encontrou
a pessoa errada.

2)

Ê, tem jogada no ar,
ê, já vem vindo o arrastão,
ê, todo mundo zarpar,
ê, com a faca na mão.

3)

Em Ipanema
a coisa mais linda
que eu já vi passar
foi um poema.

O GALO GAGO

Era um galo gago, por isso
a Noite não se despedia:
ficava num gargalo,
à espera do canto que não surgia.

Os bichos, para ajudá-lo,
fazem logo mutirão:
zurros, miados e mugidos
começam a soar, em vão.

Foi tanta zoeira
que a Noite tapou o ouvido:
"Quero dormir sem demora,
desse jeito eu não consigo.
Para que possa chegar o Sol,
e o escuro ir para o ralo,
não adianta galinha nem bem-te-vi,
eu preciso da voz de um galo".

Disse uma antiga coruja
dirigindo-se a todo o bando:
"Ou ele começa a cantar
ou acaba em fogo brando.
Parece que um bom susto
termina com a gagueira.
Quando ele encarar a panela
vai cantar a vida inteira".

"Não estou de acordo",
protestou o bicho da goiaba.
"Se ele canta o dia todo,
aí é o dia que não acaba!
E pra que assustar o galo?
Vamos chamá-lo mais tarde.
Quem sabe com nosso aplauso
ele vira um cantor de verdade?".

O galo andava estranho,
envergonhado e jururu.
Já pensava em fugir de fininho,
disfarçado de urubu.

A Noite, impaciente,
bocejava no infinito:
"Gente, topo qualquer canto,
até de um periquito.
Garanto que me recolho,
digo adeus e vou embora.
Mas se o Sol virá depois...
isso já é outra história".

Toda a mata matutou:
se a Noite vai e o Sol não vem,
qual seria a cor de um céu
habitado por ninguém?

De repente a tartaruga
teve uma ideia brilhante.
Chamou o galo e outro bicho
pra conversar um instante.

Nada de periquito
para cantar ao Sol!
Bastava ensinar ao papagaio
o canto em cocoricó bemol.

Dito – e efeito:
o papagaio cocoricou.
Um feixe de luz intensa,
livre, límpida, logo jorrou.

A bicharada em peso
pôs-se também a cantar.
Era a voz do boi, da araponga,
misturadas ao som do sabiá.
Até o galo, quase sem gaguejar,
uniu-se àquela folia,
e di-disse que o melhor remédio
não era o susto, e sim a alegria.

Acontecia uma festa clara,
que juntou todo o povo:
o elefante dançava com a pulga,
a raposa bailava com o corvo.

Chegando de Guarapari,
o siri, de tão contente,
esqueceu o seu passado,
e passou a a andar pra frente.
A cigarra, maravilhada,
falou à formiga, num cicio profundo:
"Uma canção também é trabalho,
também pode mudar o mundo".

Mas, ao ver que até eu cantava
de carona na vinda da aurora,
o papagaio me mostrou o bico,
e me pediu para eu dar o fora:
"Hoje a festa é só dos bichos,
 nosso esforço valeu a pena.
Você, seu bicão, saia logo,
e vá cantar noutro poema".

NÃO

Não, não e não. Nem sei se há no meu sim,
agradabilissimamente a mim,
senão o sinal para que tudo enfim
permaneça no não até meu fim.

Não, não, não e não. Não digo que não
haja certa palavra em minha mão
que tenta abrir à força um alçapão
para assim destravar o coração.

Não quero, não. Prefiro essa dureza
malvinda no comício da certeza.
Misturo às aguas dóceis da beleza
meu não envenenando a correnteza.

CINZAS

Talvez o verão tenha queimado os frutos.
As mãos, ressequidas, apenas recolhem restos.
Cinzas, ardores, ossos.
Havia ali,
não se lembra?,
um rumor de desejo,
que nenhuma palavra salva:
todo poema é póstumo.
Botei a boca no mundo,
não gostei do sabor. Ostras e versos
se retraem
ao toque ácido das coisas tardias.
Na sombra insone do meu quarto,
o vazio vigia, na espreita do que não há:
por aqui passaram
pássaros que não pousaram. Fui traído
por ciganas, arlequins e cataclismos.
De nada me valeram
guardar relâmpagos no bolso,
agarrar nas águas as garrafas náufragas.

LINHA DE FUNDO

Assim meio jogado pra escanteio,
volto ao poema, este local do crime.
Mas é o desprezo que melhor exprime
aquilo que no verso eu trapaceio.
Se pouco do que digo me redime,
cópia pirata de um desejo alheio,
revelo a ti, leitor, o que eu anseio:
um abutre no cadáver do sublime.
A matéria é talvez muito indigesta,
me obriga a convocar um mutirão
para acabar com toda aquela festa
de pétalas e plumas de plantão.
Memória derrubada pelo vento,
quero aqui só lembrar o esquecimento.

DISK-MORTE

Para acabar com angústias e tormentos,
conheça nosso lançamento inédito:
basta ligar para o 0-800
e compre a morte no cartão de crédito.

Tecle 1 para falar com Jesus Cristo
ao custo de uma ligação local.
Depois de conversar, deixe um registo
com a nota de um a cinco no final.

Um Deus no Céu e você sob a terra
é o lema que nos move há muitos anos,
e na certa o seu corpo nessa guerra
se entrega tarde ou cedo aos nossos planos.

Compare os preços e veja a vantagem
de nosso First Class Clube Funeral:
se não houver conforto na viagem,
devolvemos em dobro o capital.

Nossa intenção é a de presenteá-lo
com a luz do paraíso azul dantesco,
porém, para mais rápido acessá-lo,
informe agora a conta do Bradesco.

Parabéns, você não será um mero
Zé: tem direito a morte especial.
Qualquer dúvida é só clicar no zero,
e retorne ao menu inicial.

AUTORRETRATO

A Flávia Amparo

Um poeta nunca sabe
onde sua voz termina,
se é dele de fato a voz
que no seu nome se assina.
Nem sabe se a vida alheia
é seu pasto de rapina,
ou se o outro é que lhe invade,
numa voragem assassina.
Nenhum poeta conhece
esse motor que maquina
a explosão da coisa escrita
contra a crosta da rotina.
Entender inteiro o poeta
é bem malsinada sina:
quando o supomos em cena,
já vai sumindo na esquina,
entrando na contramão
do que o bom senso lhe ensina.
Por sob a zona da sombra,
navega em meio à neblina.
Sabe que nasce do escuro
a poesia que o ilumina.

RECEITA DE POEMA

Um poema que desaparecesse
à medida que fosse nascendo,
e que dele nada então restasse
senão o silêncio de estar não sendo.

Que nele apenas ecoasse
o som do vazio mais pleno.
E depois que tudo matasse
morresse do próprio veneno.

TRANSLADO

"o lado além do outro lado"

Tem um lado com
Tem um lado zen
Tem um lado *zoom*
Outro desfocado
Tem um lado chão
Outro lado alado
Tem um lado não
Tem um lado vim
Tem um lado voz
Tem um lado mim
Tem um lado algoz
Tem um lado sim
Tem um lado sou
Tem um lado quem?
Tem um lado zero
Tem um lado nem
Do lado de lá
Tem um lado além
Tem um lado lei
Toma então cuidado
Vem para apagar
O teu braseado
Tem um lado solto
Tem lado soldado
Esse lado aí
Te deixa confuso
Pronto pra arrochar
Feito um parafuso

O lado soldado
Me deixa lelé
Me imobilizando
Do pescoço ao pé
Preso na armadura
Eu fiquei fundido
Frente à solda dura
Me senti banido
Quero me sentir
Desencadeado
Com meu lado em
Tudo quanto é lado. A-
brindo um contrabando na
Contramão da pista eu
Finjo que sou cego
Pra não dar na vista
Eu procuro enfim
Qualquer endereço
Que não me dê um nó no
Meio do começo
Tem um lado aquém
Bem descontrolado
Tem um lado assim
Tem um lado assado
Um fermenta ali
Outro deste lado
Tem um lado sem
Mesmo acompanhado
Tem um lado tem
Com mais nada ao lado
No meu lado 1
Não fico à vontade
Ele só me dá o
Dobro da metade
Entre o não e o sim
Não quero o talvez, me-

lhor me embaralhar
Junto com esses três
Tem o lado 3
Lado bem bacana
Desde que caibamos
Quatro numa cama
Tem o lado *light*
Esse me seduz
Pois além de leve
Ele me dá luz
Lá no lado *dark*
Nada é tão festivo
Mas até no inferno
Eu me sinto vivo
Tem um lado mas
Que chega atrasado
Avisando a mim
Que tudo somado
Só resta a raiz
De um metro quadrado
Todo o resto é lero
Para o boi dormir
Múltiplo de zero
Pra me dividir
Entre o lado bom
E meu lado B
Entre o aqui e o lá
Fico lá e aqui
Sem saber dizer
Onde vou chegar
Nem tentar saber
Que lado seguir
E neste translado
Eu só quero quem
Queira vir comigo a-
lém do verso 100.

Dez sonetos desconcertados

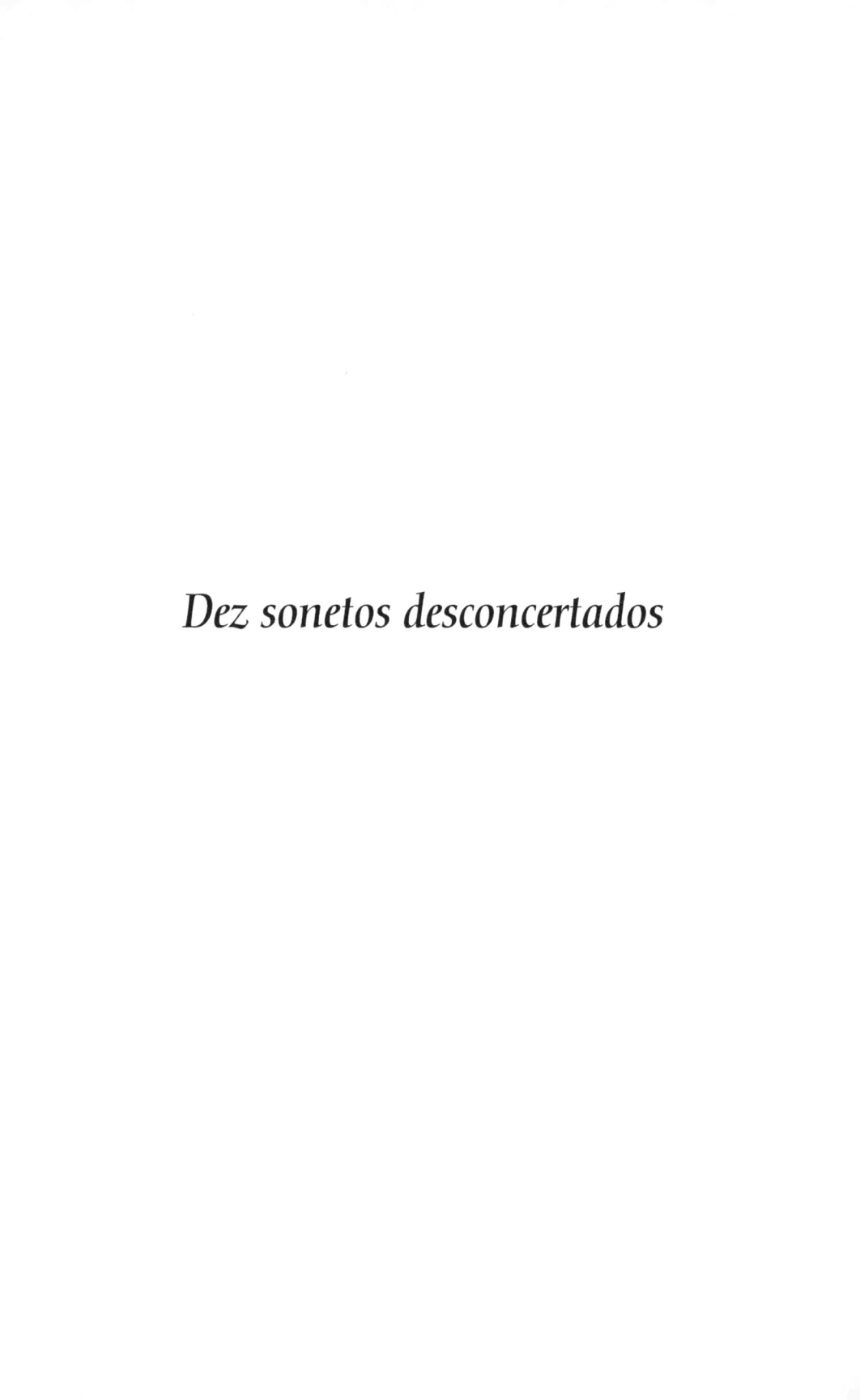

SONETO AO MOLHO INGLÊS

Para Cony, que deu a mim o verso 1

Mãe, eu quero comer um bife à milanesa,
é tudo o que lhe pede o filho mais ingrato,
e ainda que delícias brilhem em meio à mesa
eu nada além desejo dentro do meu prato.
Um simples bife de patinho, ou chã alcatra,
para este filho mal passado; eu pretendia
passar a limpo o amor que sai pela culatra,
e sem cessar me escapa nesta casa fria.
Agora é tarde, e nada abala a fortaleza
da dura sala hereditária em que deponho
minha esperança, misturada na tristeza
de nunca ter sabido o que é o sabor de um sonho.
Não, mãe, te afirmo então, na insônia da certeza:
não quero um bife, quero o amor de sobremesa.

SONETO DESMEMORIADO

Aos noventa, a cabeça, convenhamos,
não vale um piquenique em Paquetá.
Já me afoguei no Piscinão de Ramos
pensando que eu nadava em Shangri-La.
Não recordo o que acabo de falar...
Sim, na lua de mel lá em Paris!,
se eu tivesse lembrança a destacar,
andar de gôndola foi tão feliz.
No meu sonho aparece uma pessoa,
cata no lixo os restos que eu vivi.
Nos sacos do passado que amontoa,
o que é melhor em mim se escoa ali.
Tentei sair do pesadelo quando...
mas o que é mesmo que estava falando?

SONETO DA BOA VIZINHANÇA

Doutor José, como vai, tudo bem?
E como vai a distinta família?
Cordiais saudações a dona Hercília,
a Marly manda um abraço também.
Tomo café várias vezes ao dia.
Esse governo está uma tristeza.
Soube do bafafá na portaria.
Mas Miami em setembro é uma beleza.
O camarão custa os olhos da cara.
Frequento o Zona Sul, porém sou fã
das grandes promoções do Guanabara.
Acho que vai chover pela manhã.
Troquei de celular, mas deu problema.
Amanhã pego onda em Saquarema.

SONETO DA BOA VIZINHANÇA II

Se quiser, vai lá em casa pra assistir o jogo.
A Claudete eu não pego de jeito nenhum.
Esse rapaz, não boto minha mão no fogo.
A coisa rola solta lá no 101.
Perdi dois quilos com a dieta do elefante.
Ah, se o Mengão ganhar, aí é que eu me acabo.
O flagra aconteceu na esquina da Constante.
Farofa? Sim, mas não dispenso orelha e rabo.
Tacaram pedra na Brasília da Janete,
me disseram que foi vingança do Batista.
Sabia que a Suely vendeu a quitinete
e a Marinês fugiu com a filha do dentista?
Eu não invejo o morador da cobertura,
o sol da tarde deve ser uma tortura.

SONETO PROFUNDO

Nadei dez metros sob a correnteza,
e me afoguei no ritmo do mundo.
Levei no bolso um texto, na certeza
de que ele voltaria mais profundo.
Depois eu pretendi nova conquista
a meu soneto ínfimo e pedestre:
coloquei-o na mão de um alpinista,
para ele assim subir ao Everest.
Desejei-lhe uma longa eternidade,
estendendo-se além de minha vida.
A melhor solução foi empalhá-lo,
colocá-lo na sala de visita.
De lá ele me exibe, com descaso,
o riso fundo de um soneto raso.

SONETO PIO

A santa imagem foi abençoada
pelo padre, nascido em Pirapora.
E a pia senhorinha, extasiada,
entoa loas a Nossa Senhora.
A igreja é toda recém-reformada,
por Ramalho pintada de acaju,
e o sacerdote, durante a jornada,
pega num pau, para espantar o exu.
"Quem no meu saco um bom óbolo mete?",
fala um noviço, tocando sineta.
Buscam beatas comprar seu croquete,
quente e tão tenro que tenta o capeta.
"Sou do Sul. Chimarrão que eu amealho
boto na cuia do padre Ramalho".

QUASE SONETO APOSENTADO

Há trinta anos eu intento em vão
compor o que será uma obra-prima.
Exausta do exercício, minha mão
não avança e tampouco sai de cima.

Sentindo-se de todo mal formado
nos alquebrados pés por onde ia,
meu poema, num gesto desvairado,
solicitou aposentadoria.

Cambaleante nesta ladainha,
não quer chegar à derradeira linha.
Corpo trôpego, nada mais o anima.

Aproveita que um verso acaba em "lâmpada"
e se apaga, na falta de uma rima.

SONETO PROFÉTICO

A bola de cristal é opaca e preta,
nela pouco se vê ou se pressente.
O vidro estilhaçado de uma greta
libera a luz noturna do presente.
Antevejo a raiz de uma semente
incapaz de dar paz a este planeta,
pois você, o jasmim e a violeta
florescem contra mim feito serpente.
Enxergo nada além desse horizonte,
onde ao escuro sucede o mais escuro.
O certo é não prever nenhuma ponte
que possa me levar ao seu futuro.
Na bola opaca eu leio, transtornado:
seremos bem felizes no passado.

SONETO DA DISSIPAÇÃO

Revejo a luz gelada de manhãs perdidas
e os sonhos que eu mandei para o endereço errado.
Tanto azul me nauseia e nada se dissipa
em meio ao mangue seco onde estanquei meu barco.
Muitas sombras debatem-se à beira do quarto.
Fantasmas nos lençóis da noite estreita e aflita
esgueiram seus anzóis no meu silêncio farto
de saber que eles são a única visita.
Imóveis no sofá, me contemplam ferozes
e cravam com desdém as garras da rapina.
Espanto o pó e a dor que descem dessas vozes
rolando sem parar pela memória acima.
O espelho só me ensina a ruína do desejo.
Sei que é meu esse olhar em que eu não mais me vejo.

SONETO VELOZ

O poema sai correndo à minha frente,
desse jeito jamais vou segurá-lo.
Fingia estar aqui, mas de repente
se intrometeu no trote de um cavalo.

Na estrofe dois passou em disparada.
No espaço esvaziado eu arremeto
inútil rede, a recolher o nada:
o poema escapuliu deste quarteto.

Consigo enfim laçá-lo, ele se faz
inteiro e hostil, à minha revelia.
E se revela, súbito, capaz

de me livrar do laço que o prendia.
Livres nós dois, agora ele já fala
na voz que nasce quando o autor se cala.

POEMA-SAÍDA

*Agora o livro se encerra
passando talvez da hora.
No entanto, informo ao leitor
que acaso não foi embora:*

*"Na antessala" era entrada;
sirvo agora a sobremesa,
que você, já enfastiado,
mal percebe em minha mesa.*

*Se não gostou, nem reclame,
foi previamente alertado.
Num poema insinuei:
me leia desconfiado.*

*Sei apenas que escrever
nunca me apontou saída.
Mas ainda assim é nisso
que apostei a minha vida.*

E ANTES
(1969–2002)

TODOS OS VENTOS
(1997–2002)

Artes

É ELE!

No Catumbi, montado a cavalo,
lá vai o antigo poeta
visitar o namorado.
Não leva flores, que rapazes
raro gostam de tais mimos.
Leva canções de amor e medo.
Cachoeiras de metáforas,
oceanos de anáforas, virgens a quilo.
Ao sair, deixa ao sono cego do parceiro
dois poemas, um cachimbo e um estilo.

CISNE

À memória de Cruz e Sousa

Vagueia, ondula, incontrolado e belo,
um cisne insone em solitário canto.
Caminha à margem com a plumagem negra,
em meio a um bando de pombas atônitas.

Encontra um outro, de alvacentas plumas,
um ser sagrado no monte Parnaso,
e enquanto o branco vai vencendo a bruma
ele naufraga, bêbado de espaço.

Em vão indaga, o olhar emparedado
na vertigem de luz que o sol encerra:
"Se em torno tudo é treva, tudo é nada,

como sonhar azul em outra esfera?"
Negro cisne sangrando em frente a um poço.
Do alto, um Deus cruel cospe em seu rosto.

A UM POETA

Há poemas que transportam
num tapete rente ao chão.
Poemas menos que escritos,
bordados, talvez, a mão.

Outros há, mais indomados,
que são contra e através,
coisa arisca e tortuosa,
versos quebrados pelos pés.

E há poemas muito impuros,
onde não vale a demão.
Deles brotam versos duros,
poemas para ferro e João.

UM POETA

Um velho Homero de província,
entalado numa Ática minúscula,
baba e versa em prosa melosa
suas memórias de pária e de pústula.

Rei de si mesmo, truão engalanado,
poeta acuado pelo peso dos anos,
por sua parca inspiração escoa
o esgoto fracassado de seus planos.

Crê-se o maior vate do planeta
um pigmeu no rodapé da poesia.
Implora a Deus por quem o louve.
Nada ouve? Ele mesmo se elogia.

NOITE NA TAVERNA

1

Senta uma puta perto da taça.
Arde uma tocha acima da mesa.
Salta uma estrofe em cima da coxa.
Nasce um poema a toque de caixa.

Fora, uma virgem dorme na lousa.
Ri-se o poeta em torno da brasa.
A mão do poeta passeia na moça.
O seio da moça é uma pétala gasta.

2

Crepúsculo, vinho, hemorragia:
vai vermelha a voz da poesia.
A vida só vale o intervalo
entre início e meio de um cigarro.

Traga, taverneira, algo bem ríspido,
afogue em rum qualquer sonho nosso.
Brindemos ao que esconde o futuro:
metáforas, Aids e ossos.

TRIO

Olavo Brás Martins dos Guimarães Bilac,
que no Parnaso ecoa como voz primeira,
já sabe que bem cabe num dodecassílabo
o poeta que logrou vestir-se de palmeira:

Antônio Mariano Alberto de Oliveira,
que esculpe vaso em vaso exótica colmeia,
inapelavelmente encaixa em doze sílabas
Raïmundo da Mota Azevedo Correia.

Jubilosos na métrica do próprio nome,
querem deixar no chão as pombas e as estrelas,
apostando que em jaula firme e alexandrina

não haverá qualquer perigo de perdê-las.
Adestram a voz do verso em plena luz do dia.
Lá fora a fera rosna a fome da poesia.

CINCO

a)
um–dois, feijão com óculos
três–quatro, helicópteros no prato
palavra e página
matemática de octossílabos
inúteis máquinas do sonho

b)
uma escrita
é uma escuta
feita voz
mar de mármore
ou de papel
lançando a esmo
o mesmo nó
que se desfaz
no traço breve
de grafite e pó
ou se refaz
no silêncio arcaico
de um bicho arisco
que mal sa–
be o ab–
c
mas seu bico veloz
voa feroz no vento
para além do livro
que o quis reter

COLÓQUIO

Em certo lugar do país
se reúne a Academia do Poeta Infeliz.

Severos juízes da lira alheia,
sabem falar vazio de boca cheia.

Este não vale. A obra não fica.
Faz soneto, e metrifica.

E esse aqui, o que pretende?
Faz poesia, e o leitor entende!

Aquele jamais atingirá o paraíso.
Seu verso contém a blasfêmia e o riso.

Mais de três linhas é grave heresia,
pois há de ser breve a tal poesia.

E o poema, casto e complexo,
não deve exibir cenas de nexo.

Em coro a turma toda rosna
contra a mistura de poesia e prosa.

Cachaça e chalaça, onde se viu?
Poesia é matéria de fino esmeril.

Poesia é coisa pura.
Com prosa ela emperra e não dura.

É como pimenta em doce de castanha.
Agride a vista e queima a entranha.

E em meio a gritos de gênio e de bis
cai no sono e do trono o Poeta Infeliz.

MULHERES

Eugênia sobe à cena e então recita
cachoeiras de paixão pelo poeta,
enquanto em águas frias da loucura
Ismália, que era um alvo, agora é seta.

Paraguaçu no oceano se despede
da terra onde Iracema se perdeu.
Traídas todas elas. São mulheres,
milhares de Marílias sem Dirceu.

Passam, bordam, na beira do improvável.
Macabeia é uma estrela inalcançável.
Madalena combate a morte imensa

que Paulo Honório espalha no jardim.
Guerreiras no desejo e desavença,
multiplicadamente Diadorim.

ARTE

Poemas são palavras e presságios,
pardais perdidos sem direito a ninho.
Poemas casam nuvens e favelas
e se escondem após no próprio umbigo.
Poemas são tilápias e besouros,
ar e água à beira de anzóis e riscos.
São begônias e petúnias,
isopor ou mármore nas colunas,
rosas decepadas pelas hélices
de voos amarrados contra o chão.
Resto do que foi orvalho,
poema é carta fora do baralho,
milharal virando cinza
pelo incêndio do espantalho.

AIRE

Áspera guitarra rasga o ar da praça.
Há um pássaro parado na garganta de Carmen.

Embarca o pássaro na lábia do acaso.
Ácido cenário de pátios e compassos.

Passam rápidos máscaras e presságios.
Espada e Espanha, abraço incendiário,

cantam alto as artes do espetáculo:
lançar-se à brasa e matar-se no salto.

Dez sonetos da circunstância

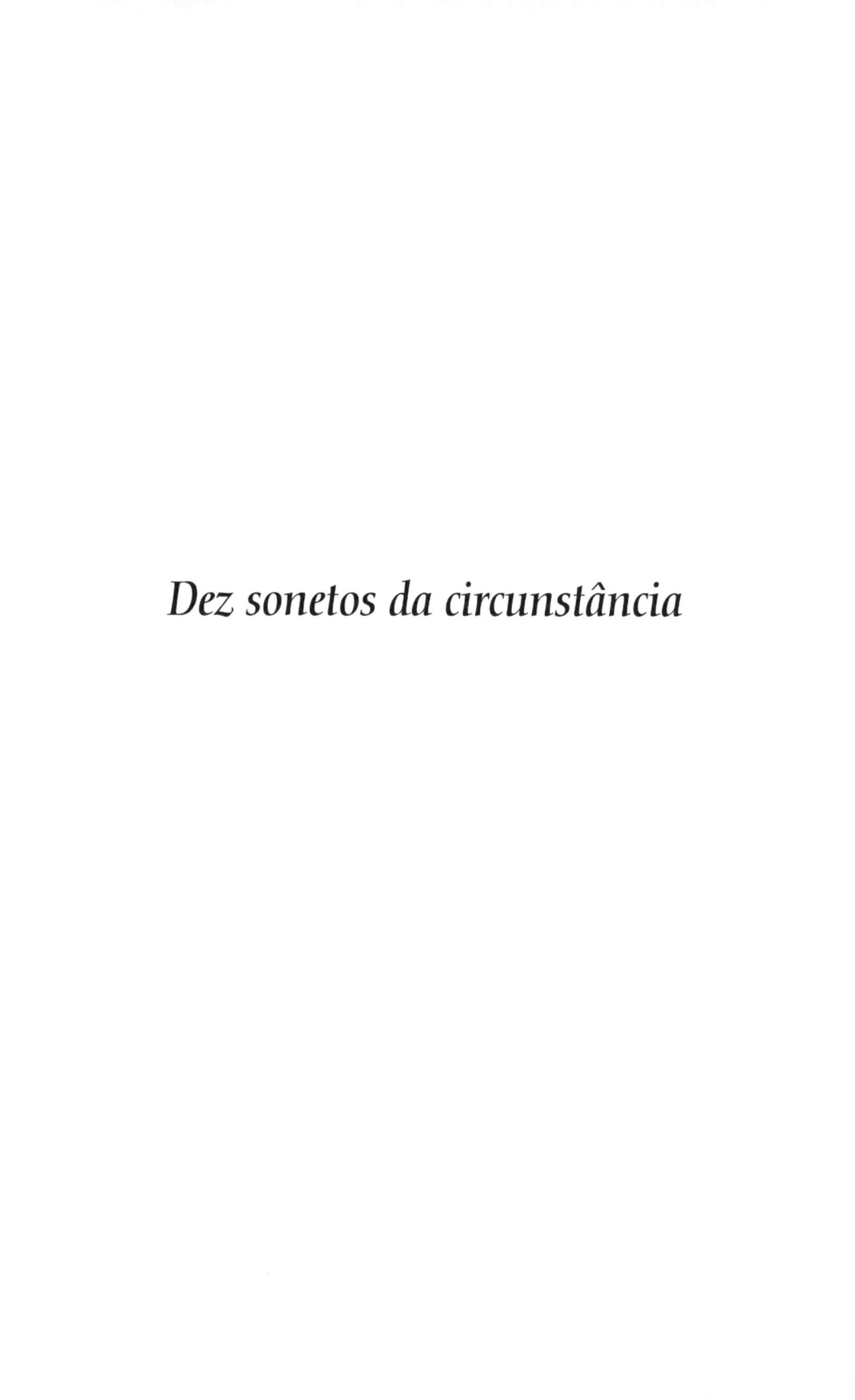

"A LUZ MACIÇA..."

A luz maciça desse dia se prepara
para deter no corpo vivo de um momento
o que vai nele como coisa inacabada,
desejo ríspido de escuro esquecimento.

Tudo está mais além e aquém do que se fala,
a palavra encaminha ao salto o que é de dentro,
e mal e bem atônita essa mão avara
crava marcas de sal no suor de teu centro.

Pétala e puta, dobra de um desejo tenso
na margem do fogo impaciente que dispara
fria fumaça nas fissuras do cimento.

Sonhos de sonho de sim e dor misturada,
na voragem de um gozo inteiro à beira-nada,
até tudo virar poeira ou monumento.

"O MENINO SE ADMIRA..."

O menino se admira no retrato
e vê-se velho ao ver-se novo na moldura;
o tempo, com seu fio mais delgado,
no rosto em branco já bordou sua nervura.

E por mais que aquele outro não perdure,
na pura sombra de relâmpago do ato,
ele há de ver-se mais antigo no futuro,
ao ver-se no menino do retrato.

O tempo, de tocaia em cada corpo,
abastece a manhã com voz serena,
que pouco a pouco se transmuda em voz de corvo,

na gula aguda de ficar sozinho em cena.
A moldura vazia anuncia o intervalo:
sobra o tempo, e ninguém para habitá-lo.

"REPARA COMO A TARDE É TRAIÇOEIRA"

Repara como a tarde é traiçoeira:
dentro dela se abriga o desengano
de um dia que acabou sendo somente
um resto de boneco, arame e pano.
Previamente me abraçam a noite e o dano
de tudo que não foi compartilhado,
senão feito um pão velho sobre a mesa
na espera seca e vã do inesperado.
Não me consola a música do mundo,
nada espero que acene em meu socorro;
se a imagem do presente paralisa,
de passado é bem certo que eu não morro.
Tanto faz minha sorte ou meu inferno,
não tenho tempo para ser eterno.

"DE CHUMBO ERAM SOMENTE DEZ SOLDADOS"

De chumbo eram somente dez soldados,
plantados entre a Pérsia e o sono fundo,
e com certeza o espaço dessa mesa
era maior que o diâmetro do mundo.

Carícias de montanhas matutinas
com degraus desenhados pelo vento;
mas na lisa planície da alegria
corre o rio feroz do esquecimento.

Meninos e manhãs, densas lembranças
que o tempo contamina até o osso,
fazendo da memória um balde cego

vazando no negrume do meu poço.
Pouco a pouco vão sendo derrubados
as manhãs, os meninos e os soldados.

"À NOITE O GIRO CEGO..."

À noite o giro cego das estrelas,
errante arquitetura do vazio,
desperta no meu sonho a dor distante
de um mundo todo negro e todo frio.

Em vão levanto a mão, e o pesadelo
de um cosmo conspirando contra a vida
me desterra no meio de um deserto
onde trancaram a porta de saída.

Em surdina se lançam para o abismo
nuvens inúteis, ondas bailarinas,
relâmpagos, promessas e presságios,

sopro vácuo da voz frente à neblina.
E em meio a nós escorre sorrateira
a canção da matéria e da ruína.

"A CASA NÃO SE ACABA..."

A casa não se acaba na soleira,
nem na laje, onde pássaros se escondem.
A casa só se acaba quando morrem
os sonhos inquilinos de um homem.

Caminha no meu corpo abstrata e viva,
vibrando na lembrança como imagem
de tudo que não vai morrer, embora
as maçãs apodreçam na paisagem.

Sob o ríspido sol do meio-dia,
me desmorono diante dela, e tonto
bato à porta de ser ontem alegria.

O silêncio transborda pelo forro.
E eu já nem sei o que fazer de tanto
passado vindo em busca de socorro.

"ESTOU ALI..."

Estou ali, quem sabe eu seja apenas
a foto de um garoto que morreu.
No espaço entre o sorriso e meu sapato
vejo um corpo que deve ser o meu.

Ou talvez seja eu o seu espelho,
e olhar reflete em mim algum passado:
o cheiro das goiabas na fruteira,
o murmúrio das águas no telhado.

No retrato outra imagem se condensa:
percebo que apesar de quase gêmeos
nós dois somos somente a chama inútil

contra a sombra da noite que nos trai.
Das mãos dele recolho o que me resta.
Eu o chamo de meu filho – e ele é meu pai.

POEMA PARA 2002

Caxumba, catapora, amigdalite,
miopia, nevralgia, crise asmática.
Dor de dente, dor de corno, hepatite,
diabete, arritmia e matemática.
Helenas, Marianas e Marcelos,
tomate, hipocondrias e chicória,
sacerdotes, baratas, pesadelos,
calvície, dentadura e desmemória.
Pé quebrado, verso torto, ruim de bola,
nervoso, nariz grande, cu de ferro.
Desastrado, imprudente e noves fora
foi muita prosa para um gozo zero.
E para coroar todos os danos
bem-vindos sejam os meus cinquenta anos.

"COM TODO O AMOR..."

Com todo o amor de Amaro de Oliveira.
São Paulo, 2 de abril de 39.
O autógrafo se espalha em folha inteira,
enredando o leitor, que se comove,

não na história narrada pelo texto,
mas na letra do amor, que agora move
a trama envelhecida de outro enredo,
convidando uma dama a que o prove.

Catharina, Tereza, Ignez, Amalia?
Não se percebe o nome, está extinta
a pólvora escondida na palavra,

na escrita escura do que já fugiu:
perdido entre os papéis de minha casa,
Amaro amava alguém no mês de abril.

"DESMORONAM PROMESSAS E MISÉRIAS"

Desmoronam promessas e misérias,
pedaços da palavra e da memória,
e o sol da força bruta da matéria
escorre para o ralo como escória.
Os ratos banqueteiam toda a história,
e avançam contra os cacos do presente,
seus dentes decompondo em pó a glória
de um futuro podado na semente.
Do muito que sonhamos talvez sobre
o sopro de uma aurora que nos leva
além da nossa dor, mas não descobre
a flor que pulsa e arde em torno à treva.
O que era claro agora é espaço em preto,
negra luz sobre as cinzas de um soneto.

Variações para um corpo

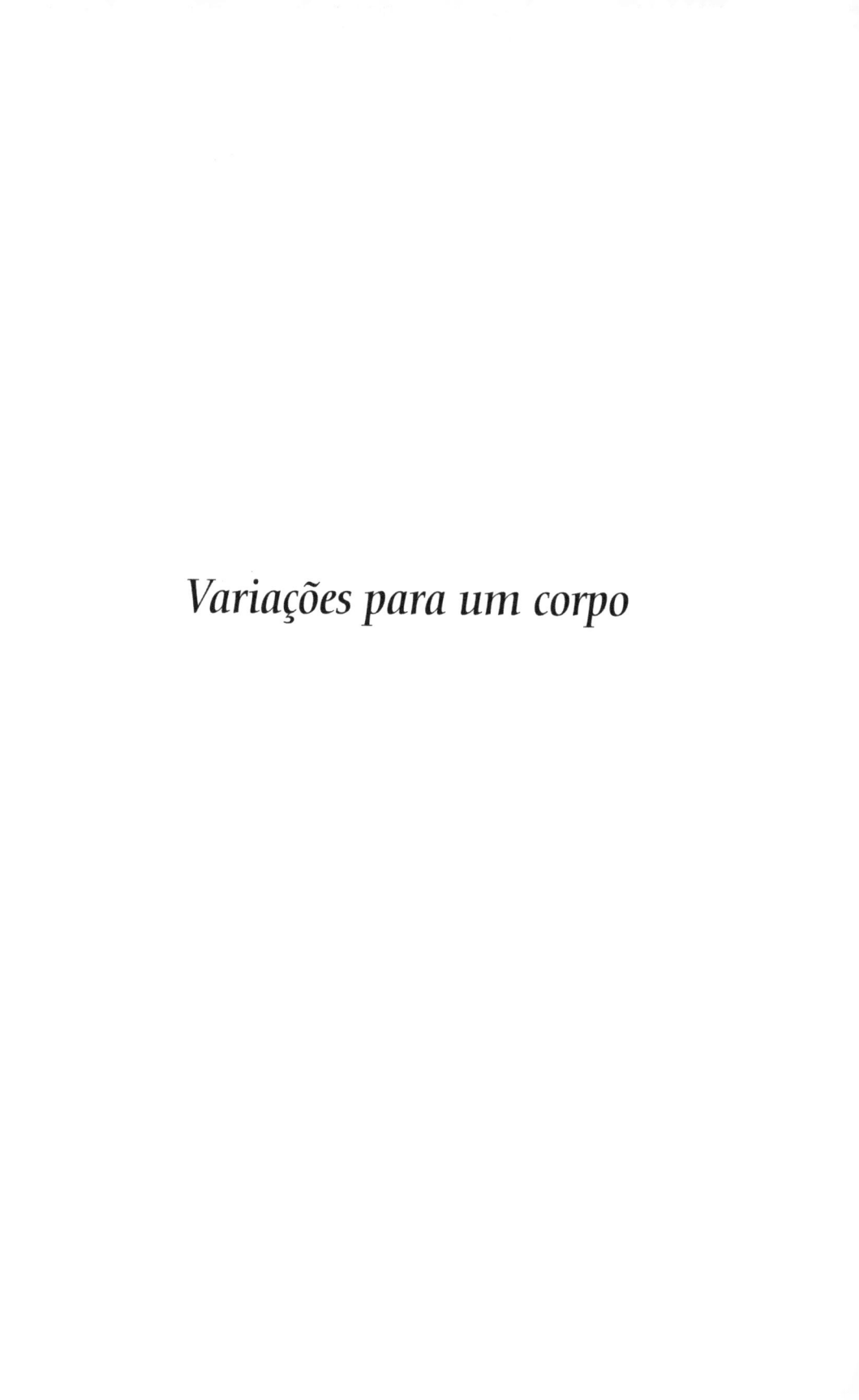

TRÊS TOQUES

1) *Paciência!*

O processo desse amor
já caiu em exigência.

2) *Impaciência*

Amor é bicho precário.
Eu queria avançar no romance,
você me cortou no Sumário.

3) *Dialética*

Acho que assim
resolvo o nosso problema.
Tiro você da vida
e boto você no poema.

TELA

Há mais amores mortos
do que araras nos jardins de Ohio.
Manhãs lambuzando de inverno
o tambor cardíaco dos trovões,
a serpentina farpada dos raios.
A mil metros de escuridão
uma anêmona
vomita o oceano.
A um milímetro da morte
insetos se abrasam.
Gaviões parados à beira do bote.
Desejos reprimidos
à toca retornam, coelhos.
Troca de olhares e de espelhos:
em capítulos a paixão fermenta
no tapete térmico dos ursos,
no abraço esquivo dos esquilos.
Elétricas são as guelras, as vísceras, as penas.
Vista no ângulo da luz de Vênus,
pouco a pouco a Terra se torna
azul e quente como um poema.

À NOITE,

todas as palavras são pretas
todos os gatos são tardos
todos os sonhos são póstumos
todos os barcos são gélidos
à noite são os passos todos trôpegos
os músculos são sôfregos
e as máscaras, anêmicas
todos pálidos, os versos
todos os medos são pânicos
todas as frutas são pêssegos
e são pássaros todos os planos
todos os ritmos são lúbricos
são tônicos todos os gritos
todos os gozos são santos

ARTES DE AMAR

paixão e alpinismo   sensação simultânea
de céu e de abismo

paixão e astronomia   mais do que contar estrelas,
vê-las
à luz do dia

amor antigo e matemática   equação rigorosa:
um centímetro de poesia
dez quilômetros de prosa

NOTURNO

Os reis de Copa
ostentam eretas
espadas mestras
em frente ao mar.
Transatlânticos desejos
encalhados na areia.
Damas de paus
e valentes seios
expostos à carícia
de dólares e brisas.
Eis Lizbeth, ou João Batista,
ouro puro do subúrbio,
ex-ás do cais do porto,
atual contorcionista
do pescoço de pilotos
à procura de conquistas.
O seu rosto é reformado
por algum cirurgião-artista,
pois queixo, nariz e olhos
revelam influência cubista.
Passeiam pares de bicicletas
sob um céu abotoado de estrelas.
Na luz plástica dos postes
passam famintas pombas pretas.
Fome de tudo, em meio à neblina:
saliva, esperma, cocaína.
O bigode roça a nuca sôfrega.
E enquanto o corpo exala e treme

passa, ácida, a patrulha
de um insone PM.
O amor é de lei
ou desviado? Pouco importa;
a polícia, na maior parte,
só sabe celebrar
os rituais de Marte.
Mas frente a ímã tão terreno
caos e lei se entredevoram
em cabine ao abrigo do sereno.
Ao guarda rapaz apraz, ao menos,
a ronda noturna no planeta Vênus.

Primeiras pessoas

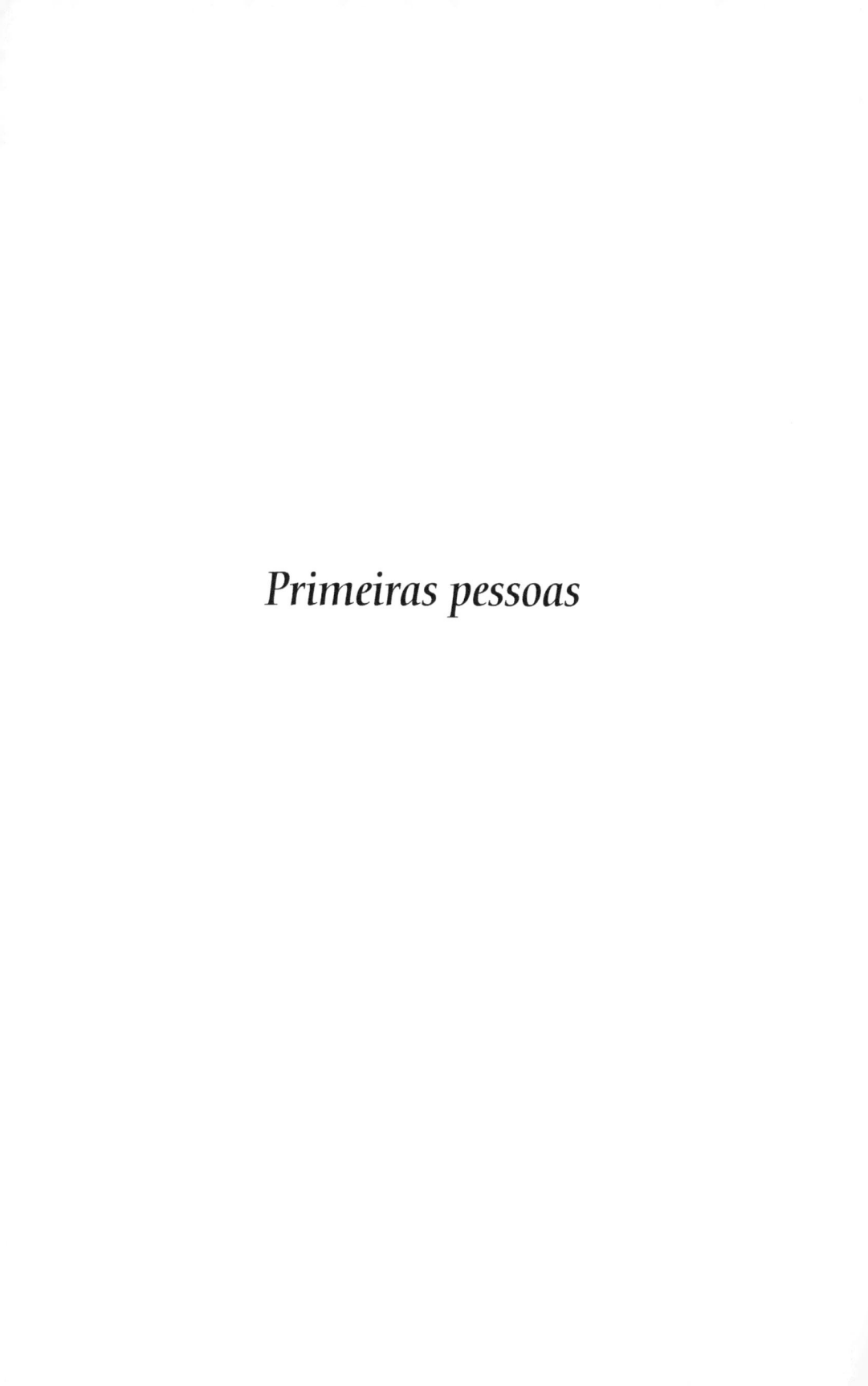

CONFESSIONÁRIO

Não posso dar-me em espetáculo.
A plateia toda fugiria
antes mesmo do segundo ato.
Um ator perplexo misturaria
versos, versões e fatos.
E um crítico, maldizendo a sua sina,
rosnaria feroz
contra minha verve
sibilina.

SAGITÁRIO

Evite excessos na quarta-feira,
modere a voz, a gula, a ira.
Saturno conjugado a Vênus
abre portas de entrada
e armadilhas de saída.
Evite apostar em si, mas, se quiser,
jogue a ficha em número
próximo do zero. Evite acordar
o incêndio implícito de cada fósforo.
E quando nada mais tiver a evitar
evite todos os horóscopos.

REPENTE

Desfaço mau-olhado em meia-hora,
amanhã trago o amor que escapuliu.
Mostro o pau com que sei matar a cobra,
e mato a cobra em troca de três mil.

Por quatro mando a chuva pra lavoura,
por sete vou nevar em céu de anil,
por dez eu escureço a claridade,
e o sol já vai brilhar por vinte mil.

Por quarenta na mão lá vem dilúvio,
o preço de sessenta inclui trovão.
Para acalmar a fúria do divino,
trinta a vista e cinquenta a prestação.

Não reclame do preço que lhe peço,
Deus me cobra uma santa comissão.
Da cobra eu fico só com o veneno,
e da neve, um chumaço de algodão.

Só consigo enxergar a claridade
quando dou de beber ao lampião,
e apago minha sede em conta-gotas
quando acende o holofote do verão.

Reles faquir sem carteira assinada,
mero cantor de uma fome sinfônica,
sou passageiro que chega ao inferno
em voo lotado e na classe econômica.

REUNIÃO

Aqui estamos nós
unidos pelo sangue
e dispersos pela vida.
Sabemos de onde viemos,
mas não sabemos nossa saída.
De Antônio e Catarina
herdamos gestos, sonhos, corpos e voz.
Muito sabemos deles,
e pouco sabemos de nós.
Aqui estamos todos
– tios, sobrinhos, primos, avós –,
corrente entre um ontem vivo
e um amanhã apressado,
frente a frente
com o futuro que nos chama,
cara a cara
com a chama de um passado.
Agora atravessamos juntos
Cachoeiro de ItapeSecchin,
esta estrada tropical da Itália
que desemboca em você e em mim.
E se recompondo o que nós fomos
este instante cintilar dentro de nós
num sopro que a vida não apaga
mesmo sozinhos não estaremos sós.

Cachoeiro, 13/11/1999

AUTORIA

Por mais que se escoem
coisas para a lata do lixo,

clipes, cãibras, suores,
restos do dia prolixo,

por mais que a mesa imponha
o frio irrevogável do aço,

combatendo o que em mim contenha
a linha flexível de um abraço,

sei que um murmúrio clandestino
circula entre o rio de meus ossos:

janelas para um mar-abrigo
de marasmos e destroços.

Na linha anônima do verso,
aposto no oposto de meu sim,

apago o nome e a memória
num Antônio antônimo de mim.

PAISAGEM

Pela fresta
um naco do verão de Copa
ataca o exército vermelho dos caquis.
Pedaço fino de sol
esgueirado entre esquadrias.
Mandíbulas da fome. A procissão solene
de formigas insones. No mármore
o açúcar Pérola explode em dádiva.
Mosquitos baratos
beijando-se aos pares nos pratos.
Zumbem abelhas vesgas
na mesa onde o abacaxi
oferta sua flor feroz.
Linguiça, preguiça e sábado
ensaboando-se nas mãos.
Boca sôfrega
frente ao sossego do pêssego.
E a paz. Só de leve o nada
um pouco se move.
Brasil, Barata Ribeiro, ano mil
novecentos e cinquenta e nove.

CONCORDE COM FREUD

Matou o analista e foi a Miami.
Na fuga, levou a reboque
a série inglesa de Hitchcock.

Indagado na fila do passaporte,
declarou que só trazia
na mala a morte.

Comparado a seu rosto, dir-se-ia negro
qualquer giz; tal qual surge, intenso,
um osso, no raio-x.

A tudo respondeu solene e quieto,
com minúcias tediosas
de um hemograma completo:

da mãe herdara um trono abandonado,
escondido numa esquina da infância
e no calibre três-oitão recuperado.

Queria entrar no Reino da Fantasia,
saudar Minnie, Pateta, Alice e a Madrasta,
e com o mel do amor e o mal da teimosia

suplicou à polícia a dádiva de um dia.
Voltou algemado,
e também proibido

de plugar um simples fone de ouvido.
Desejou marcar sessão urgente,
mas o morto não dá mais expediente.

Caju, Catumbi, João Batista,
num deles hoje mora o analista.
Órfão pela terceira vez,

passa o dia jogando damas
na cela do xadrez. Não há quem o ame.
Após cumprir a pena, vai pro-

curar outro analista em Miami.

O BANQUETE

Entre mesuras, talheres e finezas,
um garçom serve a morte sobre a mesa.

Quente ou fria?, indaga-me sereno,
e seu olhar tem a doçura de um veneno.

Para o começo, o que quer?
A que matou o guarda? Frango *à la bière*?

A massa, se preferir algo bem quente,
vai logo arder, em caldeirão, *al dente*.

Como planeja arrematar a refeição?
Numa bala? Presunto com melão?

Caso queira coisa rápida e gelada,
sugiro uma fina fatia do nada.

E num gesto incisivo e severo
– como se marca um boi a ferro –

adoçou a insípida vida:
pôs no prato *O Prazer do Suicida*.

Pensar na morte é provar o necessário
destempero entre patrão e operário:

um deseja macarronada à mesa,
outro inclui até o vento na despesa.

Ela morte nos expulsa porta afora:
o contrato já passou da hora.

E como nada tenho que lhe apeteça
não me concede aumento ou hora extra.

O garçom mal anota o que lhe digo:
tudo que peço vai entrando no olvido.

Ao contemplar minha carteira magra e preta,
com 10% da voz insinua uma gorjeta.

Faço agora o meu pedido?
Não morrer: desnascer – nunca ter sido.

Apagar de mim a memória inteira,
regressar à arvore de que fui cadeira,

sentir um bico de bem-te-vi esfomeado,
mas jamais mofar no almoxarifado.

Assim de modo bem pouco alto-falante
a vida se esgarçaria como a ponta de um barbante.

Acabar então, canoa seca sem direito a porto.
E desembarcar de mim, confortavelmente morto.

LUZ

Le jour n'est pas plus pur que le fond de mon coeur
　　　　　　　　　　　　　　　RACINE

　　　　　ao ver
　　　　　o não
　　　　　que sai
　　　　　da dor

　　　　　o som
　　　　　da voz
　　　　　já vai
　　　　　no sim

　　　　　no tom
　　　　　do céu
　　　　　não vi
　　　　　mais luz

　　　　　do que
　　　　　no sol
　　　　　que há
　　　　　em mim

AFORISMOS*
(1991–1999)

* Desentranhados dos livros *Poesia e desordem* e *Escritos sobre poesia & alguma ficção*.

1. A poesia representa a fulguração da desordem, o mau caminho do bom senso, o sangramento inestancável da linguagem, não prometendo nada além de rituais para deus nenhum.

* * *

2. A possibilidade de negociar com as palavras as frestas de perturbação e mudança de que elas e nós necessitamos para continuarmos vivos: a isso dá-se o nome de estilo.

* * *

3. A poesia não pretende ser espelho do caos, hipótese em que tudo, isto é, nada, seria poético.

* * *

4. Nossa liberdade passa não apenas pelas palavras em que nos reconhecemos, mas sobretudo pelas palavras com as quais aprendemos a nos transformar.

* * *

5. A poesia é igualmente um espaço de sombras, tentativa de perceber o escuro no escuro. Ainda quando a poesia seja noturna, o poeta não deixa de ser um iluminado. Mesmo que, no caso, se possa dizer: um iluminado de sombras.

* * *

6. Há coisas que *O rio* de Cabral nem sabe se viu, mas de que se fez testemunha *"por ouvir contar"*; e o pior cego é o que não quer ouvir.

* * *

7. Atmosfera cheia de luz, espaço sempre diurno: sertão é uma palavra cercada de sol por todos os lados.

* * *

8. Na paródia, numa relação algo incestuosa com a linguagem, o texto-matriz cintila sobre os escombros, pois, pretensamente aniquilado, transforma-se na grande força de legitimação do texto que o acusa.

* * *

9. Drummond carrega indelevelmente a frustração e o peso de seus mortos, pois herança não é apenas aquilo que recebemos, mas aquilo de que não conseguimos nos livrar.

* * *

10. A poesia de Cabral nunca desistiu de ser também a poesia do João.

* * *

11. Há poetas quase afônicos; de tanto espremerem para expressar alguma coisa, acabam exprimindo coisa alguma.

* * *

12. A antiordem foi moderna no modernismo; repeti-la ainda hoje, sob a capa da vanguarda, é iludir o leitor, ao dar-lhe o passado de presente.

* * *

13. Onde é hoje aceita a moeda do poeta? Uma resposta seria: no material barato da vida, nas grandes liquidações existenciais, nas pontas de estoque afetivo.

* * *

14. O poema como um objeto legível: sem adesão aos chavões melódicos do verso ou ao receituário fácil do emocionalismo *prêt-à-pleurer*.

* * *

15. Nesse livro (*Aboque/abaque*) destaca-se uma multifonia ébria a corroer a noção autoral – e estilo de bêbado não tem dono.

* * *

16. Como quase diz o ditado, promessas são dúvidas.

* * *

17. Em "Tecendo a manhã", de João Cabral, há dois fios que se encontram, um de luz e outro de sintaxe, no discurso de um poeta que constrói ao mesmo tempo a manhã e o texto.

* * *

18. Em *Marília de Dirceu*, a ovelha tem direito de balir e não é obrigada a se ajoelhar. A ovelha barroca reza, enquanto a neoclássica aproveita para comer a paisagem.

* * *

19. A poesia é diáfana, o poema é carnal.

* * *

20. O grande artista relativiza as leis do estilo em que se inscreve; cabe aos menores acreditar demais em tudo aquilo.

* * *

21. Na obra de Cruz e Sousa, o asilo no espírito foi incapaz de promover o exílio do corpo.

* * *

22. Cabral desbasta a superfície textual, por natureza impura, não para restituir-lhe a superfície sem mácula, mas, ao contrário, para limpá-la da limpeza excessiva com que muitos cultores da "poesia pura" tentaram esterilizá-la.

* * *

23. O prosaico não é o oposto do poético, e sim do poemático, ou seja, do conjunto de convenções retóricas sobre as quais se estabeleceu o consenso de como um poema deva ser.

* * *

24. No Romantismo, talvez a biografia de um poeta se componha da soma de seus versos e da multiplicação de seus sonhos.

* * *

25. Ao poeta romântico interessa mais enunciar que deseja do que desejar o que enuncia.

* * *

26. Pouco importa que o velho poeta já houvesse publicado o melhor de sua obra: frente à poesia, toda morte é prematura.

* * *

27. Discurso consequente é o que consegue criar um avesso não simétrico à fala ideológica. Então, o contrário de alto passa a ser amarelo, e o sinônimo de escada passa a ser helicóptero.

* * *

28. O antinormativo é o imprevisível com hora marcada.

* * *

29. Como traduzir no mundo verbal o mundo plástico-visual? O risco é que muitos poetas acabem mudos de tanto ver.

* * *

30. Negar o grandioso é insuficiente para impedir seu enviesado retorno através da monumentalização do mínimo.

* * *

31. Ser crítico do contemporâneo não implica o endosso da ordem que o antecedeu.

* * *

32. No que toca à circulação da poesia, as noites de autógrafo se transformam em rituais simultâneos de batismo e óbito de um livro, que, fora dali, não será mais visto em lugar nenhum.

* * *

33. Se eu já soubesse o que o poema diria, não precisaria escrevê-lo. Escrevo para desaprender o que eu achava que sabia sobre aquilo que me vai sendo ensinado enquanto escrevo.

* * *

34. O que é a poesia, senão um discurso sobre *o que pode morrer*?

* * *

35. Contrariando o axioma do velho São Tomé, cabe à arte ver para descrer, isto é, recusar os esquemas confortavelmente explicativos da realidade e injetar o vírus da desconfiança em meio a toda unanimidade eufórica.

DIGA–SE DE PASSAGEM

(1983–1988)

BIOGRAFIA

O poema vai nascendo
num passo que desafia:
numa hora eu já o levo,
outra vez ele me guia.

O poema vai nascendo,
mas seu corpo é prematuro,
letra lenta que incendeia
com a carícia de um murro.

O poema vai nascendo
sem mão ou mãe que o sustente,
e perverso me contradiz
insuportavelmente.

Jorro que engole e segura
o pedaço duro do grito,
o poema vai nascendo,
pombo de pluma e granito.

REMORSO

A poesia está morta.
Discretamente,
A. de Oliveira volta ao local do crime.

NOTÍCIA DO POETA

Aos 37 anos e 4 dias, na madrugada de 1915,
o poeta Marcelo Gama despenca do bonde
e se espatifa nos trilhos do Engenho Novo.

Ao cair, em sonho visitava
uma nuvem de dois quartos e dez armários
cheios de cheiros e espartilhos de donzelas.

Em torno do corpo,
policiais e parnasianos se entreolham, assustados.

"MULHER NASCIDA DE MEU SOPRO"

Mulher nascida de meu sopro,
na mistura da paixão e da borracha,
sei que nesse nosso toque matutino
o meu gesto vai abrindo à natureza
novo campo, que renega a força humana.
Os insetos nos proíbem da varanda
e teu nome não é coisa para os muros.
Imprimo nos lençóis o formato de teu grito
duplicado por mim mesmo sobre os poros
que resistem no teu corpo esvaziado.
Mas eu amo a senhora.
Se o meu sopro não te acende em vida certa,
se o teu riso não ressoa nas vidraças,
encaixo no teu braço minha jaula e teu naufrágio,
escavo em teu pescoço nosso abraço clandestino.

MARGEM

Vou andando para a beira desse porto,
entre cheiros de cigarro e de sardinha
e um desejo líquido de partir.
Meu olhar desliza no horizonte, querendo saber
a que distância um nome deixa de doer.
Seu nome, marcado em minha boca
como a polpa de uma pera.
O navio enorme avisa que vai embora.
Escrevo a palavra salto,
e paro no sal, e não chego ao alto.
A noite está boiando
num óleo grosso de silêncio e luz.
Molho os pés, penso em seu nome: gozo
de um poço tapado. Insônia de musgos
na beira das águas redondas.
Me vejo na ponta do cais,
cacos de luz
abrindo a cara do mar.
Destroços de palavras, pedaços de seu nome,
sílabas que batem contra os cascos.
Estou parado na beira de um porto,
azul e morte no oco do ar.

"CINTILAÇÕES DO MAL..."

Cintilações do mal. Precipício de poemas,
travessia para um sol que vem de longe.
Minha sombra aparecendo na calçada
repentina feito a mão de um monge.

Entro em casa. O silêncio erguido
como a pata de um galo.
Miragens de asa leve na
presença física de um cigarro.

Constelações do tédio. Chama das línguas,
velas da paixão na beira.
Restos do resto da metade
de uma parte que a morte tem inteira.

SETE ANOS DE PASTOR

Penetro Lia, mas Raquel me move,
faz meu corpo encontrar toda alegria.
Se tenho Lia, a pele não navega
em nada além de nada em névoa fria.

Sete anos galopando em Lia e tédio,
sete anos condenado ao gozo escuro.
Raquel me tenta, e se me beija Lia
a boca é não e minha mão é muro.

Labão, o puto, perdoai-me esse instante,
adoro a dor que doer em minha amante.
Vou cravar-lhe um punhal exausto e certo,

doar seu sangue ao livro e à ventania.
Quieta Lia será terra em que os cavalos
vão pastar, sob a serra e o deus do dia.

OU

você pode me pisar
que nem confete
você pode me morder
que nem chiclete
você pode me chupar
que nem sorvete
você pode me lanhar
que nem gilete
só não pode proibir
que nem piquete
se eu quiser escapulir
que nem pivete

ELEMENTOS
(1974–1983)

ELEMENTOS
(1925-1983)

O real é miragem consentida,
engrenagem da voragem,
língua iludida da linguagem
contra o espaço que não peço.
O real é meu excesso.

AR

O ar ancora no vazio.
Como preencher
seu signo precário?
Palavra,
nave da navalha,
gume da gaiola,
invente em mim
o avesso do neutro
– o não assinalado,
o lado além
do outro lado.

O ar ancora no vazio,
improvisa o zero
num rumor de luz redonda.
O ar é um rio atravessado
por teoremas de sol.

Palavra,
nave da navalha,
invente em mim
o avesso do neutro.
Preparo para o dia
a fala, curva do finito
num silêncio de âncora.
Atalho onde me calo
e colho, como a um galo,
o intervalo do azul.

Como preencher
seu signo precário?
Quero a coisa
aquém do nome,
movendo a voz que se
publica enquanto cala.
Quero a matéria
plena, e não a fala.

Gume da gaiola,
ave do visível,
o ar dispara
a retórica do vento.
Ensina o excessivo à vogal da ventania.
Enxágua o suor dos muros
nos varais do meio-dia.

O não assinalado,
o lado além
do outro lado.

O dia diluído,
num som sem
sentido.

O porto corroído,
o vazio esvaziado.

FOGO

No princípio do precipício
meu início.

Na derivada do nada
minha estada.

No compasso da mudez
minha nudez.

Um sol sagrado afronta meu sossego
e faz do medo sua dor e dote,
no galope louco das cinco letras
que soletram no vazio minha morte.
As pontas do fogo bravo
são travas onde o som termina,
enquanto na garganta do meu canto
um sol solene me assassina.

Toda linguagem
é vertigem,
farsa, verso fingido
no desígnio do signo
que me cria, ao criá-lo.
O que faço, o que desmonto,
são imagens corroídas,
ruínas de linguagem,
vozes avaras e mentidas.
O que eu calo e o que não digo
acompanham meu percurso.
Respiro o espaço
fraturado pela fala
e me deponho, inverso,
no subsolo do discurso.

Alerta à luz que me alaga,
além de mim vou me compondo.
Destranço a teia, a trama da palavra,
mentindo à fala em que me escondo.
Em mim um sol atento e surdo
já salga a terra como um céu deitado,
e vai cegando, atento e touro,
um dia sem portas, lajes, lados.

Decifro a clave, o clamor ensolarado
que me reparte em pensamento e paixão.
Num chão de chama espalho meu delírio,
fincado em cinza, calmaria e razão.
Detenho os golpes da manhã pontiaguda,
do vento velho derrubado aos pés do mito.
Passo onde passa a forma sem remorso,
fico onde passa a matéria do finito.

Vingo a velhice dos verões
desmoronados, planície rigorosa
que desmente o labirinto.
Se falo, minto, e o calendário dessa hora
me faz deserto, em que viver não me demora.
Álgebra das aves em clara correnteza,
ensina a teu cantor tua clareza.
Estreita tua trilha à minha história,
me emudece para o jogo desse dia,
resgata em prosa o que eu perco em poesia.

TERRA

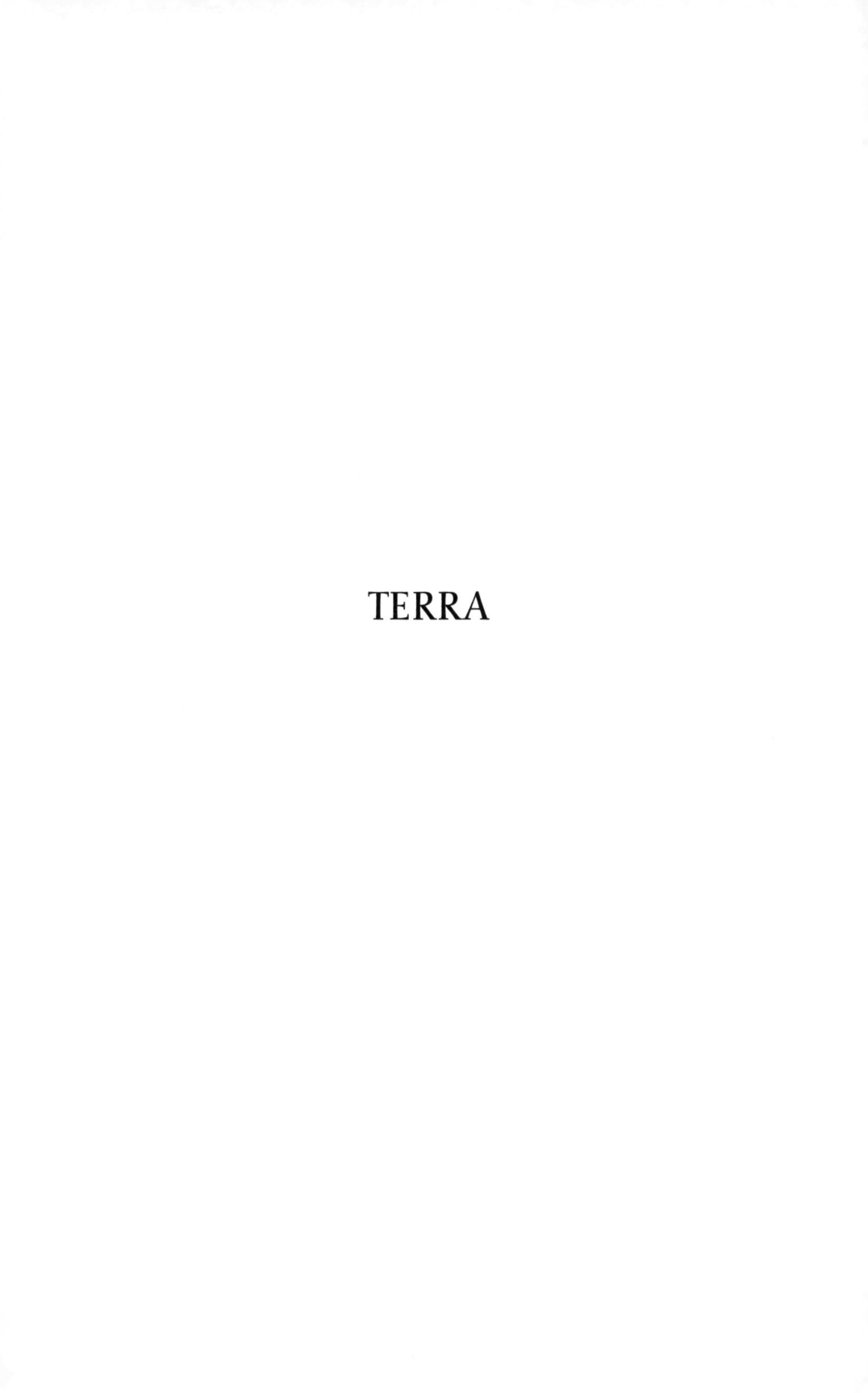

Entre o dentro e o fora
falar
me ancora.

Entre céu e sombra
me tomba.

Entre o sim e o contra
me aponta.

Para o corpo detido no fluir do que devoro
pouco,
pouco sobra do ser que em mim escoro.

Palavra,
não me encantas nem te iludo.
Te cancelo no meu sono indecifrável,
que, mudo, é dexistência do profundo – e é tudo.

Entre a crise e a caça
dizer
me gasta.

Entre a dor e a queda
um ser
me nega.

Entre forma e fissura
viver
me anula.

Deuses, não mais que máquinas noturnas
sangradas pela terra que as nomeia.
Deuses, datas adiadas da matéria,
rastros mentirosos, alfabetos da agonia.
Deuses, não mais que dias machucados,
corpos arrastados na ruína dos meses.
Deuses, baixos músculos do acaso,
deuses, não mais que deuses.

Alto e outro era o sonho do dizível,
carência do quase, aragem da usura,
na popa do divino e nos eles da loucura.
O que em mim é terra está ruindo,
e a forma não murmura o meu excesso.
Falar é dar ao nada os seus espelhos,
e o que em mim é nada está fluindo.
Para te estar, em mim não me ocorro.
Sou no que pode o eco, não o lamento.
Escrita, a ti me entrego, e me possuis
no vão das horas, nas máscaras do tempo.

Não, não era ainda a era da passagem
do nada ao nada, e do nada ao seu restante.
Viver era tanger o instante, era linguagem
de se inventar o visível, e era bastante.
Falar é tatear o nome do que se afasta.
Além da terra, há só o sonho de perdê-la.
Além do céu, o mesmo céu, que se alastra
num arquipélago de escuro e de estrela.

ÁGUA

Há um mar no mar que não me nada
e não se entorna em ser espuma ou coisa fria.
Me sinto cheio de palavra e de formato,
murado em mim sob a ciência desse dia.
Na sonância do que vive,
minha fala é resistência,
e dizer é corroer o que se esquiva,
reter na letra a cicatriz do som vazio.
Sou apenas um pedaço da loucura,
a dar um nome à ironia do que dura.

Nas águas se calava a terra,
e as pedras se arrastavam às eras
desatadas pelo arco exato dos rios.

Sobre as águas passaram
o perfil das aves ciganas,
o nome noturno dos mastros.

A chuva passa, mas não lava o movimento
que a leva enquanto passa.
Terra, texto, hera, imagem,
a chuva escava a cor dos mapas
na física unânime da tarde.

Vou no que me passa, intervalo
entre voo e asa, para a secreta
febre desse campo, o da semente.
Aqui e sempre, devolvo agora
os dias algemados à memória,
e confio a cada poro o testamento
de naufrágios, restos e dilúvios.
Se o largo mar já navega em água imensa,
em curtos rios ele aprende o seu impulso.

Depois de herdar
dessa água a resistência,
alugo a meu sonho
a astúcia de meu corpo.
O que em mim se mira
é o pleno em sua ausência,
e pequeno me anoiteço
em cada hipótese de porto.

Água, marcas da aventura
no rigor de luzes largas.

Água, pacto de barcas
na manhã hereditária.

Baliza do azul, suor
do silêncio nos cascos.

Horizonte.

DISPERSOS
(1974–1982)

DISPERSOS
(1971-1982)

LIMITES

No ar parado
meu sorriso quebrado.

No livro antigo
meu domingo perdido.

Na mesa amarga
os insetos se encontram,

e as mesmas águas,
bicicletas inúteis,

vão me afogando
entre o vinho e as pedras.

Tijolo e nuvens,
vou armar o vazio.

O frio, as fugas
me carregam pra ontem.

Na prateleira
as maçãs apodrecem.

Na geladeira
silêncio envelhece.

No vão da porta
minha vida está morta.

"ONDE HOUVE ORELHA"

Onde houve orelha
agora é nada,
exceto os rumos
de teu sangue numeroso.
O tronco é o her-
deiro do açoite,
que inaugura a dor
sobre teu dorso
e recita o vermelho
em teu pescoço.
Onde houve braço,
agora é espaço
de vazia trilha
entre carne e osso.
Aponto os músculos
à música do aço,
e na ponta de um punhal
cravo meu gozo.

LINGUAGENS*

Um urubu pousou na minha hipálage,
Parou no mel dos lábios da metáfora,
E mais pousara, se não fora a enálage,
E mais parava, se não fosse a anáfora.

Dez mil prantos de hipérbole eu chorava
Vendo velas cortarem a metonímia,
Enquanto o pé da catacrese entrava
No passo tateante dessa rima.

Vozes ouvi na anímica floresta.
Saindo para fora do pleonasmo,
'Stamos em plenos mares de uma aférese.

Feito pomba, o expletivo já se vai.
Poetas somos todos bem silépticos,
E os poemas, elípticos demais.

---

* Poema a partir das "figuras de linguagem" dos manuais escolares 1) O voo negro dos urubus: hipálage; "Ah! Um urubu pousou na minha sorte" (Augusto dos Anjos) 2) Iracema, a virgem dos lábios de mel: metáfora 3) "E mais servira, se não fora" (Camões): enálage 4) E mais/ E mais – repetição de palavras no início da frase: anáfora 5) Chorou um oceano de lágrimas: hipérbole 6) Duas velas cortavam o mar: metonímia 7) Pé da mesa: catacrese 8) metonímia (v. 6) / rima (verso 8): rima toante, aqui expressa pelo parônimo "tateante" 9) As vozes da floresta: animização 10) Sair para fora: pleonasmo 11) "Stamos em pleno mar" (Castro Alves): aférese 12) "Vai-se uma pomba/..." (Raimundo Correia): "se" é palavra expletiva 13) "Os cariocas somos de carnaval" (Machado de Assis): silepse de pessoa 14) supressão de vocábulo, em geral verbo, subentendido ("são"): elipse.

SONETO DAS LUZES

Uma palavra, outra palavra, e vai um verso,
eis doze sílabas dizendo coisa alguma.
Trabalho, teimo, limo, sofro e não impeço
que este quarteto seja inútil como a espuma.

Agora é hora de ter mais seriedade,
para essa rima não rumar até o inferno.
Convoco a musa, que me ri da imensidade,
mas não se cansa de acenar um não eterno.

Falar de amor, oh meu pastor, é o que eu queria,
porém os fados já perseguem teu poeta,
deixando apenas a promessa da poesia,

matéria bruta que não coube no terceto.
Se o deus flecheiro me lançasse a sua seta,
eu tinha a chave pra trancar este soneto.

ÁRIA DE ESTAÇÃO
(1969–1973)

TEMPO: SAÍDA & ENTRADA

No tempo de minha avó
meu feijão era mais sério.
Havia um ou dois óculos
me espiando atrás
de molduras roídas.
Mas eu era feliz,
dentro da criança
o outono dançava
enquanto pulgas vadias
dividiam os óculos.

Dentro da criança
as pulgas espiavam
o outono vazio,
dividiam minhas molduras
roídas por óculos vadios.
No tempo de meu feijão
minha avó era mais séria.

INVENTÁRIO

Um urso caolho
o piano antigo
seu silêncio de madeira
cheio de fugas pra brincar lá fora
passarinho morto na janela que nem um tambor quebrado

INFÂNCIA

A vez de quem nunca outro após
além daqui, jamais rios.
Eles muito nessa estrada,
lendas na palma dos dedos.
Cartas que geólogos sem sono,
sem as margens
como bis na memória.
Nessa terra, água avessa,
eles te tanto
onde nunca as coisas,
eles te mais
que um barro.

AVISO

Desfiz noivado
vendo sem uso
almofadas soltas
jogo
mesinha mármore rosa
cama sofá arquinha

(extraído de anúncio do *Jornal do Brasil*, 5/10/69)

A JOÃO CABRAL

O engenheiro debruçado
sobre o som horizontal das praias
ordena o ritmo das ondas
constrói os vértices do verde.

O engenheiro debruçado
sobre o prisma dos areais
caligrafa a voz do vento
amestrando o som do cais.

O engenheiro debruçado
sobre as arestas do concreto
soletra o fio de seus rios
entre as sílabas do deserto.

A FERNANDO PESSOA

Ser é corrigir o que se foi,
e pensar o passado na garganta do amanhã.
É crispar o sono dos infantes,
com seus braços de inventar as buscas
em caminhos doidos e distantes.
É caminhar entre o porto e a lenda
de um tempo arremessado contra o mar.
Domar o leme das nuvens, onde mora
o mito, a glória, de um deus a naufragar.

VER

O dia. Arcos da manhã
em nuvem. Riscos de luz
sobre vidros arriados.

O claro. A praia armada
entre a sintaxe do verde.

Áreas do ar. Aves
navegando as lajes
do azul.

A ILHA

E olhamos a ilha assinalada
pelo gosto de abril que o mar trazia
e galgamos nosso sono sobre a areia

num barco só de vento e maresia.
Depois, foi a terra. E na terra construída
erguemos nosso tempo de água e de partida.

Sonoras gaivotas a domar luzes bravias
em nós recriam a matéria de seu canto,
e nessas asas se esparrama nossa glória,

de um amor anterior a todo estio,
de um amor anterior a toda história.
E seguimos no caminho de ser vento

onde as aves vinham ver se havia maio,
e as marcas espalmadas contra o frio
recobriam de brancura nosso rumo.

E abrimos velas alvas que se escondem
dos mapas de um sonho pequenino,
do início de uma selva que se espraia

na distância entre mim e o meu destino.

ITINERÁRIO DE MARIA

amalg
amada
alma
em cal
maria
pri
mária
fonte
eu cla
maria
teu nome
em rude
ária

CARTILHA

Me aprendo em teu silêncio
feliz como um portão azul.

CANTIGA

Senhora, é doença tão sem cura
meu querer de vossos olhos tão distantes,
que digo: é maior a desventura
ver os olhos sem os ver amantes.

Senhora, é doença tão largada
meu querer de vossa boca tão serena,
que até mesmo a cor da madrugada
é vermelha de chorar a minha pena.

BUSCA

Como fóssil farejando os espantos
de seu onde amor; como febre se dando
no que fere o cerne, o gesto, a forma,
fazendo, fechada, sua vez de ferir;
como faca fincada em quentura,
em lâmina pura tecendo seu cio,
parava no tempo a dor que o dar entorna:
aquele frio de dentro furando o frio de fora.

"O MEU CORPO SE ENTRELAÇA"

O meu corpo se entrelaça
ao suspiro, e gira e caça
no intervalo de um soluço
essa pele decifrada
pela força de meu sangue.
E com fúria e flama
não derrubo o que me abarca,
nem revelo em minha posse
as premissas do que sinto:
eu devoro o meu amor,
arbitrário como um cinco.

VISITA

O verso era um abraço salgado
que os peixes telegrafaram.
Era um cisne louco
bicando o amor.
Era o secreto frio
trancado na boca.
Era o tempo roendo os móveis,
os olhos, a conta de gás.

FESTA

No mar um silêncio curvo
anuncia as naves.
Pouco a pouco
chega o domingo.
Vai pousar
sobre o voo das aves.

POEMA

no drama   a tosse
na grama   a posse
na trama   a greve
na cama   o breve

O SOLDADO

Meu sonho não voa mais
abrindo os braços
pelas colinas claras,
para além das terras estéreis
sangradas contra os punhos
da alvorada.
Zombado de dor,
tropeço no verde
que essa fuga inventa,
e meu corpo me acusa
do que fica sobre as valas:
uma fortaleza feita de silêncio
e de palavras derrubadas pelas balas.

POEMA DO INFANTE

É a noite.
E tudo escava tudo
na língua ambígua que desliza
para o esquivo jogo.
Amargo corpo,
que de mim a mim se furta,
não recuso teu percurso
no hálito das pedras
que me existem em ti
– estéril dorso entre águas
estancadas.
O nada, o perto, o pouco,
não posso dividir
do que se espera o que me habita,
ao fazer fluir a via antiga
de um menino que mediu o lado impuro.
Operário do precário,
me limito nesse corpo amanhecido,
asa e gozo onde a morte mora.
Minha vida, mapeada e descumprida,
está pronta para o preço dessa hora.

NOTA

Na edição anterior (2002) de *Todos os ventos*, os poemas vieram com dedicatórias, aqui ratificadas, e que saíram do miolo deste livro em função de seu projeto gráfico.

TODOS OS VENTOS – Sérgio Martagão Gesteira.

Artes: É ele! – Vagner Camilo; Cisne – Iaponan Soares; A um poeta – Yhana Riobueno; Noite na taverna – Ariano Espínola; Trio – Rita Moutinho; Cinco – Dau Bastos; Colóquio – Alexandre Teixeira; Mulheres – Elódia Xavier; Arte – Antonio Cicero; *Aire* – Lucila Nogueira.

Dez sonetos da circunstância: "A luz maciça..." – Ruy Espinheira Filho; "O menino se admira..." – Bella Jozef; "Repara como a tarde é traiçoeira" – Luís Antonio Cajazeira Ramos; "De chumbo eram somente dez soldados" – José Maurício Gomes de Almeida; "À noite o giro cego das estrelas" – Ivan Junqueira; "A casa não se acaba..." – Miguel Sanches Neto; "Estou ali..." – Alberto da Costa e Silva; Poema para 2002 – Cláudia Ahimsa; *"Com todo o amor..."* – Waldemar Torres; "Desmoronam promessas e misérias" – André Seffrin.

Variações para um corpo: Três toques – Titite; Tela – Eucanaã Ferraz; À noite, – Waly Salomão; Artes de amar – Suzana Vargas.

Primeiras pessoas: Confessionário – Cláudio Murilo Leal; Sagitário – Carlos Dimuro; Repente – Salvador Monteiro; Reunião – Sives, Regy, Caia e Cris; Autoria – Godofredo de Oliveira Neto; Paisagem – Augusto Sérgio Bastos; Concorde com Freud – Helena Parente Cunha; O banquete – Ferreira Gullar; Luz – Ivo Barroso.

AFORISMOS: Ivo Barbieri.

DIGA-SE DE PASSAGEM: Míriam Tivon; Biografia – Ricardo Vieira Lima; Remorso – Domício Proença Filho; Notícia do poeta – Felipe Fortuna; "Mulher nascida de meu sopro" – V.S.; Margem – Alberto Pucheu; "Cintilações do mal" – Roberto Viana; Sete anos de pastor – Ângela Beatriz de Carvalho Faria; Ou – Ubirajara Darius.

ELEMENTOS: Ronaldes de Melo e Souza; Ar – Carlos Nejar; Fogo – Fabrício Carpinejar; Terra – Eduardo Portella; Água – Olga Savary.

DISPERSOS: Márcia Cavendisch, Jorge Wanderley (*i.m*); Limites – José Luís Jobim; "Onde houve orelha" – MDMagno; Linguagens – José Carlos Santos de Azeredo; Soneto das Luzes – Paulo Pereira.

ÁRIA DE ESTAÇÃO: Marlene de Castro Correia; Tempo: saída & entrada – Elvia Bezerra; Inventário – Neide Archanjo; Infância – Helena Ferreira; Aviso – Armando Freitas Filho; A João Cabral – José Carlos Martins; A Fernando Pessoa – Gilda Santos; Ver – Renato Rezende; A ilha – Marco Lucchesi; Itinerário de Maria – Fernando Fortes; Cartilha – Ésio Macedo Ribeiro; Cantiga – Astrid Cabral; Busca – Alexei Bueno; "O meu corpo se entrelaça" – Gilberto Mendonça Teles; Poema do infante – Marly de Oliveira.

UM DEPOIMENTO

ESCUTAS E ESCRITAS (2006)

Em antigo poema, referi-me a um "operário do precário". Hoje percebo que, mesmo sem intenção expressa, acabei formulando nesse verso uma definição do ofício do poeta: um operário da linguagem, um experimentador de formas, cuja eficácia é posta à prova a cada verso ou estrofe que acaba de erguer. O alvo de sua palavra é instável e flutuante: abarca, a rigor, todos os meandros da experiência humana, em suas calmarias e convulsões, em sua sede inesgotável do ínfimo e do absoluto, na inestancável demanda de novos sentidos. Eis a sina do escritor: acertar não no que vê, mas no que intui.

Para duplicar apenas o que já está configurado, não seria necessária a arte. De algum modo, todo grande poema ritualiza a imemorial função de reordenar o mundo, não porque faltem nomes às coisas, mas talvez, ao contrário, porque existem nomes demais, e ainda assim não nos bastam. O poeta desbasta essa abundância falaciosa de signos prolíficos, vazios – em busca de um núcleo ou do nervo de um real sufocado sob um turbilhão de palavras: folha prolixa, folharada, diria João Cabral, que existe exatamente para impedir que percebamos o que pode haver atrás delas – um lado além do outro lado, uma quarta margem, pois até a terceira já está muito sinalizada.

Tanto a repetição mecânica e anódina do discurso da tradição, quanto o obsoleto receituário "desconstrutor" da vanguarda (diferente da necessidade, vital, da contínua reinvenção do verso) não dão conta da complexidade da poesia. Muitos manifestos de vanguarda são ferozes em seu furor censório, pois condenam à execração os que com eles não comungam. Por outro lado, não creio que, no século XXI, se possa ainda praticar o poema do século XIX. Quando minha poesia visita a tradição, o tom, com certa constância, não é de cega reverência, comporta um viés irônico. Mas constato que se encontram bem vivos vários poetas predecessores, tão vivos quanto mortos podem estar inúmeros contemporâneos. A força criadora não é fenômeno acima da História, não é um apanágio privativo de todos que hoje decretam nos jornais a invenção semanal da literatura. O conhecimento da tradição, nesse sentido, é um aparato contra a arrogância de nos supormos inaugurais, no mesmo passo em que nos conclama para um desafio: o de, herdeiros, rejeitarmos o peso dessa herança, reconhecendo que ela existe, mas que não podemos nos contentar com ela. Discordo de que o desconhecimento do processo histórico da poesia possa constituir-se em álibi ou benefício para o que quer que seja em matéria de criação. Mas isso não implica afastar-me de meu tempo. Não é possível ficar imune aos signos da globalização da cultura. O simulacro, o virtual, o desterritorializado são manifestações tão ostensivas quanto o foram os saraus e os lampiões no século XIX. Num e noutro caso, não houve impedimento para que se produzisse boa e má literatura. Frente ao nível do que hoje se produz, descarto o apocalipse, mas não endosso o coro dos contentes.

A poesia é o lugar onde tudo pode ser dito. Mas não vale o escrito, se ele não se submeter ao imperativo da forma. Quando o texto eclode como necessidade incontida de expressão, ele nasce, como escrevi em "Biografia", "sem mão ou mãe que o sustente". Tal força indomável, que possui valor de verdade para o sujeito que a sofre, desconhece as boas maneiras e a conveniência. A poesia é uma hóspede invisível: só percebemos que visitou, num frêmito, o corpo do texto quando já foi embora; o vestígio de sua passagem é o poema. O poema é o rastro possível da poesia que andou por lá.

A poesia não tem um rosto. A face pressupõe identidade e reconhecimento. Todavia, como disse Ferreira Gullar em "Traduzir-se", o poeta é (também) estranheza e solidão. Estranheza frente à linguagem cristalizada que subestima a irrupção da potência clandestina do cotidiano. Solidão, porque poesia é um baixo-falante, que capta e filtra os ruídos do mundo através da escala microscópica da sensibilidade de cada um.

O poeta é uma ilha cercada de poesia alheia por todos os lados: insulado em si, no seu compromisso radical de criar uma palavra tanto quanto possível própria, mas abastecida pelo manancial que flui dos mais diversos mares discursivos. Num poema, anotei que a escrita "é uma escuta feita voz". Tudo alimenta o poeta: o crítico, o ficcionista, um certo azul nas manhãs de junho, o sobressalto amoroso, a procissão das formigas. Tudo são variações de espanto e de resposta em busca de linguagem, de uma formulação irrepetível que resgate da morte a fulguração da beleza.

O desafio do escritor consiste em inscrever a voz frente à tentação paralisadora e confortável da homogeneização discursiva. Em meio a seus pares, o poeta tem o dever de ser ímpar. Mas conseguir demarcar diferença ainda não resolve o problema, pois existe o risco de o artista tornar-se o repetidor da própria voz, numa prática exaurida que transforma em clausura o que antes fora libertação. O poeta deve, portanto, se precaver contra as jubilosas certezas que comece a erguer a propósito de si próprio. Ele é mais frágil do que seu texto, pois o poema sabe o que o poeta ignora.

No território da crítica, fui um estudioso contumaz de João Cabral. Creio, porém, que minha poesia, é bem diversa da dele. Estudei os seus textos para aprender como ele faz, magistralmente, a literatura que eu não quero fazer. Um grande poeta não costuma deixar herdeiros, e sim imitadores. Abre mil portas, mas deixa todas trancadas quando vai embora.

Por isso tento, tento ser fiel a uma poética do desreconhecimento, em que, a haver um fio condutor no que escrevo, ele não se localize nem na influência tutelar de um guia, nem na recorrência de temas, ou tampouco na reiteração do estilo. De minha parte, entendo o criador como um solitário profissional. Dois poetas juntos já formam um complô; três, academia.

O interesse pela palavra em todos os seus desdobramentos – ficcionais, poéticos, ensaísticos – me acompanhou desde muito cedo. Mas é provável que poucos tenham ouvido falar de minha experiência poética, limitada a poucos volumes de ínfima circulação. Na década de 1990, atuei bastante na crítica, e em geral vigora um preconceito ou desconfiança contra o crítico que, repentinamente, "se mete a ser poeta". Minha primeira coletânea de versos tinha 69 páginas, a segunda, 44, a terceira, 8. Quem sabe eu não estaria caminhando para a perfeição do nada absoluto, para alívio dos leitores...? A consolidação da carreira no magistério e os frequentes convites para a elaboração de artigos e de ensaios acabaram restringindo as manifestações do poeta.

A título meramente ilustrativo, sem juízo de valor ou aprofundamento crítico, resumo a seguir essa trajetória poética, em ordem cronológica. O primeiro livro, *Ária de estação*, de 1973, minha "lira dos 20 anos", corresponde a um período de descoberta e encanto diante do universo da poesia, e as múltiplas ressonâncias que esse universo me provocou. Daí conviverem tantos estilos, tantas leituras reprocessadas, do medievalismo à poesia concreta, do discurso social ao lirismo de fatura elíptica. Dois exemplos:

Cantiga

Senhora, é doença tão sem cura
meu querer de vossos olhos tão distantes,
que digo: é maior a desventura
ver os olhos sem os ver amantes.

Senhora, é doença tão largada
meu querer de vossa boca tão serena,
que até mesmo a cor da madrugada
é vermelha de chorar a minha pena.

*

CARTILHA

Me aprendo em teu silêncio
feliz como um portão azul.

Dos vários caminhos sinalizados em *Ária de estação*, um deles se impôs quase absoluto no livro seguinte, de 1983, *Elementos*. Foi minha obra mais ambiciosa e minuciosamente planejada. Representa a opção por uma linguagem densamente metafórica, não raro hermética, com uma exacerbação metalinguística centrada na insuficiência da palavra frente a um real que sempre escapa. Leia-se, da seção "Fogo":

Toda linguagem
é vertigem,
farsa, verso fingido
no desígnio do signo
que me cria, ao criá-lo.
O que faço, o que desmonto,
são imagens corroídas,
ruínas de linguagem,
vozes avaras e mentidas.
O que eu calo e o que não digo
atropelam meu percurso.
Respiro o espaço
fraturado pela fala,
e me deponho, inverso,
no subsolo do discurso.

e, da seção "Terra":

> Não, não era ainda a era da passagem
> do nada ao nada, e do nada ao seu restante.
> Viver era tanger o instante, era linguagem
> de se inventar o visível, e era bastante.
> Falar é tatear o nome do que se afasta.
> Além da terra, há só o sonho de perdê-la.
> Além do céu, o mesmo céu, que se alastra
> num arquipélago de escuro e de estrela.

Em 1988, uma plaquete com apenas oito poemas parecia sinalizar o fim de minha experiência poética. Refiro-me a *Diga-se de passagem* (passagem para o silêncio?), que abandonou a opulência metafórica de *Elementos* em prol da inserção do humor, e de uma atenção especial para com a comunicabilidade do texto. É o que se percebe em "Biografia":

> O poema vai nascendo
> num passo que desafia:
> numa hora eu já o levo,
> outra vez ele me guia.
>
> O poema vai nascendo,
> mas seu corpo é prematuro,
> letra lenta que incendeia
> com a carícia de um murro.
>
> O poema vai nascendo
> sem mão ou mãe que o sustente,
> e perverso me contradiz
> insuportavelmente.
>
> Jorro que engole e segura
> o pedaço duro do grito,
> o poema vai nascendo,
> pombo de pluma e granito.

e em "Remorso":

> A poesia está morta.
> Discretamente,
> A. de Oliveira volta ao local do crime.

A década de 1990 correspondeu a uma travessia do deserto, em termos de produção em verso. Consolava-me a lição de João Cabral: "Cultivar o deserto/ como um pomar às avessas". O meu pomar poético, tentei cultivá-lo no âmago da linguagem ensaística, como se, impossibilitada do poema, do qual eu supostamente me despedira em *Diga-se de passagem*, a poesia procurasse outro veículo de expressão. Na medida do possível, tentei injetar no discurso crítico algo da dimensão mais criativa da linguagem da poesia. Alguns exemplos pinçados de ensaios escritos no decorrer da década de 1990 compuseram, em uma obra de 2002, a seção "Aforismos".

Até que, movido por um desses imprevistos que, às vezes, fazem desmoronar a rotina morna do cotidiano, o poema retornou a mim, por volta do ano 2000, com o livro *Todos os ventos*, publicado em 2002, que dialoga, pretensamente em nível mais elaborado, com a multiplicidade de linguagens já estampada em *Ária de estação*.

Todos os ventos é dividido em quatro seções: "Artes" (não só a arte literária); "Dez sonetos da circunstância" (dez maneiras de morrer ou não morrer); "Variações para um corpo" (as artimanhas do jogo amoroso); "Primeiras pessoas" (algumas variações dos "eus" que de vez em quando encarnamos, porque, se nenhum poema retrata o autor, nenhum o desmente). Como conta "Autoria",

> Por mais que se escoem
> coisas para a lata do lixo,

clips, câimbras, suores,
restos do dia prolixo,

por mais que a mesa imponha
o frio irrevogável do aço,

combatendo o que em mim contenha
a linha flexível de um abraço,

sei que um murmúrio clandestino
circula entre o rio de meus ossos:

janelas para um mar-abrigo
de marasmos e destroços.

Na linha anônima do verso,
aposto no oposto de meu sim,

apago o nome e a memória
num Antônio antônimo de mim.

De "Artes", cito "Colóquio", que satiriza o fundamentalismo das seitas poéticas –

Em certo lugar do país
se reúne a Academia do Poeta Infeliz.

Severos juízes da lira alheia,
sabem falar vazio de boca cheia.

Este não vale. A obra não fica.
Faz soneto, e metrifica.

E esse aqui, o que pretende?
Faz poesia, e o leitor entende!

Aquele jamais atingirá o paraíso.
Seu verso contém a blasfêmia e o riso.

Mais de três linhas é grave heresia,
pois há de ser breve a tal poesia.

E o poema, casto e complexo,
não deve exibir cenas de nexo.

Em coro a turma toda rosna
contra a mistura de poesia e prosa.

Cachaça e chalaça, onde se viu?
Poesia é matéria de fino esmeril.

Poesia é coisa pura.
Com prosa ela emperra e não dura.

É como pimenta em doce de castanha.
Agride a vista e queima a entranha.

E em meio a gritos de gênio e de bis
cai no sono e do trono o Poeta Infeliz.

– e *"Aire"*, homenagem à música flamenca e a um símbolo, Carmen, texto em tentei replicar o universo agressivo do conteúdo no rascante da forma, com a predominância de fonemas explosivos e a presença obsessiva de uma única vogal tônica, ao longo de todo o poema:

Áspera guitarra rasga o ar da praça.
Há um pássaro parado na garganta de Carmen.

Embarca o pássaro na lábia do acaso.
Ácido cenário de pátios e compassos.

Passam rápidos máscaras e preságios.
Espada e Espanha, abraço incendiário,

cantam alto as artes do espetáculo:
lançar-se à brasa e matar-se no salto.

De "Variações para um corpo", transcrevo os descaminhos do jogo amoroso – ora o que fazer com o fim de uma paixão, no poema "Três toques" –

> Acho que assim
> resolvo o nosso problema.
> Tiro você da vida
> e boto você no poema.

– ora o apogeu e o declínio do sentimento em "Artes de amar":

Amor e alpinismo	sensação simultânea de céu e abismo
Paixão e astronomia	mais do que contar estrelas vê-las à luz do dia
Amor antigo e matemática	equação rigorosa: um centímetro de poesia dez quilômetros de prosa

De " Primeiras pessoas", cito "Sagitário", que simula aderir ao filão de autoajuda, no mesmo passo em que o desqualifica:

> Evite excessos na quarta-feira,
> modere a voz, a gula, a ira.

Saturno conjugado a Vênus
abre portas de entrada
e armadilhas de saída.
Evite apostar em si, mas, se quiser,
jogue a ficha em número
próximo do zero. Evite acordar
o incêndio implícito de cada fósforo.
E quando nada mais tiver a evitar
evite todos os horóscopos.

Dessa seção, transcrevo "Paisagem", a busca da poesia numa cena mínima do cotidiano – o flagrante de um jorro de luz a incidir numa cozinha banal de Copacabana na década de 1950:

Pela fresta
um naco do verão de Copa
ataca o exército vermelho dos caquis.
Pedaço fino de sol
esgueirado entre esquadrias.
Mandíbulas da fome. A procissão solene
de formigas insones. No mármore
o açúcar Pérola explode em dádiva.
Mosquitos baratos
beijando-se aos pares nos pratos.
Zumbem abelhas vesgas
na mesa onde o abacaxi
oferta sua flor feroz.
Linguiça, preguiça e sábado
ensaboando-se nas mãos.
Boca sôfrega
frente ao sossego do pêssego.
E a paz. Só de leve o nada
um pouco se move.
Brasil, Barata Ribeiro, ano mil
novecentos e cinquenta e nove.

Finalmente, os sonetos *da* (e não *de*) – circunstância. Circunstância da vida e de tudo o que concorre para destruí-la: o esquecimento, a velhice, a morte; e de tudo que se faz para recompô-la: a palavra, a memória, a arte. Se o tempo nos trai, desse desastre também podemos fazer poesia, precário trunfo e triunfo da palavra contra o abismo.

A sensação de perda se (a)funda numa dimensão, digamos, genérica, quando a condição humana é cotejada à dimensão do cosmo:

> À noite o giro cego das estrelas,
> errante arquitetura do vazio,
> desenha no meu sonho a dor distante
> de um mundo todo negro e todo frio.
>
> Em vão levanto a mão, e o pesadelo
> de um cosmo conspirando contra a vida
> me desterra no meio de um deserto
> onde trancaram a porta de saída.
>
> Em surdina se lançam para o abismo
> nuvens inúteis, ondas bailarinas,
> relâmpagos, promessas e presságios,
>
> sopro vácuo da voz frente à neblina.
> E em meio a nós escorre sorrateira
> a canção da matéria e da ruína.

As perdas e danos íntimos, na reelaboração da memória afetiva, atingem o espaço inteiro da casa da infância, num passado angustiosamente inquiridor:

> A casa não se acaba na soleira,
> nem na laje, onde pássaros se escondem.
> A casa só se acaba quando morrem
> os sonhos inquilinos de um homem.

Caminha no meu corpo abstrata e viva,
vibrando na lembrança como imagem
de tudo que não vai morrer, embora
as maçãs apodreçam na paisagem.

Sob o ríspido sol do meio-dia,
me desmorono diante dela, e tonto
bato à porta de ser ontem alegria.

O silêncio transborda sob o forro.
E eu já nem sei o que fazer de tanto
passado vindo em busca de socorro.

e, metonicamente, atingem também os seres e objetos que a integravam ou circundavam, num presente de todo desalentado:

De chumbo eram somente dez soldados,
plantados entre a Pérsia e o sono fundo,
e com certeza o espaço dessa mesa
era maior que o diâmetro do mundo.

Carícias de montanhas matutinas
com degraus desenhados pelo vento;
mas na lisa planície da alegria
corre o rio feroz do esquecimento.

Meninos e manhãs, densas lembranças
que o tempo contamina até o osso,
fazendo da memória um balde cego

vazando no negrume de um poço.
Pouco a pouco vão sendo derrubados
as manhãs, os meninos e os soldados.

Por fim, cito um poema inédito ("Autorretrato"), que talvez sintetize o que procurei expor acerca das relações entre o criador e os discursos que o cercam:

> Um poeta nunca sabe
> onde sua voz termina,
> se é dele de fato a voz
> que no seu nome se assina.
> Nem sabe se a vida alheia
> é seu pasto de rapina,
> ou se o outro é que lhe invade,
> numa voragem assassina.
> Nenhum poeta conhece
> esse motor que maquina
> a explosão da coisa escrita
> contra a crosta da rotina.
> Entender inteiro o poeta
> é bem malsinada sina:
> quando o supomos em cena,
> já vai sumindo na esquina,
> entrando na contramão
> do que o bom senso lhe ensina.
> Por sob a zona da sombra,
> navega em meio à neblina.
> Sabe que nasce do escuro
> a poesia que o ilumina.

P.S. (2017): em *Desdizer*, retomo e aprofundo algumas experiências de *Todos os ventos*. Dentre elas, nova seção de dez sonetos, mas agora voluntariamente desarticulados entre si e às vezes até internamente, sem a rubrica "da circunstância" que unificava o conjunto de 2002. Se em algumas peças pratico a dicção "elevada", com técnica sempre que possível rigorosa, noutras procurei criar a tensão entre tal forma "nobre" e um discurso chão, o mais próximo possível da prosa (é o caso dos "Sonetos da boa vizinhança"). Também busquei estampar a convivência entre um registro grave e pessimista e outro, receptivo ao humor e à (auto)ironia. Na seção inicial de *Desdizer*, apesar da tendência à regularidade estrófica/métrica, exercitei igualmente o verso livre. Tentei também, no campo da regularidade, experimentar métricas variadas: "Translado", por exemplo, um "rap-poema", foi minha primeira (e única) incursão na redondilha menor. Reitero, meu compromisso com a clareza e a comunicabilidade do texto, esperando, não sei com que grau de sucesso, que essa diretriz não implique concessão ou desleixo frente às delicadas e complexas engrenagens da máquina do poema.

OBRAS DO AUTOR

POESIA
A ilha (edição particular de 100 exemplares, 1971)
Ária de estação (Livraria São José, 1973)
Elementos (Civilização Brasileira, 1983)
Diga-se de passagem (Ladrões do Fogo, 1988)
Todos os ventos (Nova Fronteira, 2002)
Poema para 2002 (Cacto, 2002, tiragem de 50 exemplares)
50 poemas escolhidos pelo autor (Galo Branco, 2006)
Desdizer (Topbooks, 2017)
Cantar amigo (Topbooks, 2017)

ENSAIO
João Cabral: a poesia do menos (Livraria Duas Cidades, 1985)
Poesia e desordem (Topbooks, 1996)
Escritos sobre poesia & alguma ficção (EDUERJ, 2003)
Memórias de um leitor de poesia (Topbooks/ABL, 2010)
João Cabral: uma fala só lâmina (CosacNaify, 2014)
Papéis de poesia (Martelo, 2014)
Percursos da poesia brasileira (no prelo, Autêntica/EDUFMG)

FICÇÃO
Movimento (Faculdade de Letras da UFRJ, 1973)
Castro Alves (Giostri, 2015)

SOBRE O AUTOR
Secchin: uma vida em Letras (Editora UFRJ, 2013)

Contato: acsecchin@uol.com.br

Desta edição fez-se tiragem especial
de dez exemplares em papel Avena 70gr., assinados
pelo autor, identificados pelas letras de A a E
e pelos números de 1 a 5.

Esta obra foi impressa pela Edigráfica em
papel Offset 70gr. em agosto de 2017.